Tucholsky   Wagner   Zola   Scott
Turgenev   Wallace   Fonatne   Sydow   Freud   Schlegel
Twain   Walther von der Vogelweide   Fouqué   Friedrich II. von Preußen
Weber   Freiligrath   Frey
Fechner   Fichte   Weiße Rose   von Fallersleben   Kant   Ernst   Frommel
Richthofen
Engels   Fielding   Hölderlin
Fehrs   Faber   Flaubert   Eichendorff   Tacitus   Dumas
Eliasberg   Ebner Eschenbach
Feuerbach   Maximilian I. von Habsburg   Fock   Eliot   Zweig
Ewald   Vergil
Goethe   London
Mendelssohn   Balzac   Shakespeare   Elisabeth von Österreich   Dostojewski   Ganghofer
Lichtenberg   Rathenau   Doyle   Gjellerup
Trackl   Stevenson   Hambruch
Mommsen   Tolstoi   Lenz   Hanrieder   Droste-Hülshoff
Thoma   von Arnim   Hägele   Hauff   Humboldt
Dach   Verne   Hagen   Hauptmann   Gautier
Karrillon   Reuter   Rousseau
Garschin   Defoe   Hebbel   Baudelaire
Damaschke   Descartes   Hegel   Kussmaul   Herder
Wolfram von Eschenbach   Dickens   Schopenhauer   Rilke   George
Bronner   Darwin   Melville   Grimm   Jerome   Bebel   Proust
Campe   Horváth   Aristoteles   Voltaire   Federer   Herodot
Bismarck   Vigny   Barlach   Heine
Gengenbach   Grillparzer   Georgy
Storm   Casanova   Tersteegen   Gilm
Chamberlain   Lessing   Langbein   Gryphius
Brentano   Lafontaine
Strachwitz   Claudius   Schiller   Kralik   Iffland   Sokrates
Bellamy   Schilling
Katharina II. von Rußland   Gerstäcker   Raabe   Gibbon   Tschechow
Löns   Hesse   Hoffmann   Gogol   Wilde   Gleim   Vulpius
Luther   Heym   Hofmannsthal   Klee   Hölty   Morgenstern   Goedicke
Roth   Heyse   Klopstock   Kleist
Luxemburg   Puschkin   Homer   Mörike   Musil
Machiavelli   La Roche   Horaz
Navarra   Aurel   Musset   Kierkegaard   Kraft   Kraus
Lamprecht   Kind   Kirchhoff   Hugo   Moltke
Nestroy   Marie de France   Laotse   Ipsen   Liebknecht
Nietzsche   Nansen   Ringelnatz
Marx   Lassalle   Gorki   Klett   Leibniz
von Ossietzky   May   vom Stein   Lawrence   Irving
Petalozzi   Knigge
Platon   Pückler   Michelangelo   Kafka
Sachs   Poe   Liebermann   Kock
de Sade   Praetorius   Mistral   Zetkin   Korolenko

Der Verlag tredition aus Hamburg veröffentlicht in der Reihe **TREDITION CLASSICS** Werke aus mehr als zwei Jahrtausenden. Diese waren zu einem Großteil vergriffen oder nur noch antiquarisch erhältlich.

Symbolfigur für **TREDITION CLASSICS** ist Johannes Gutenberg (1400 — 1468), der Erfinder des Buchdrucks mit Metalllettern und der Druckerpresse.

Mit der Buchreihe **TREDITION CLASSICS** verfolgt tredition das Ziel, tausende Klassiker der Weltliteratur verschiedener Sprachen wieder als gedruckte Bücher aufzulegen – und das weltweit!

Die Buchreihe dient zur Bewahrung der Literatur und Förderung der Kultur. Sie trägt so dazu bei, dass viele tausend Werke nicht in Vergessenheit geraten.

Bötjer Basch

Novelle

Theodor Storm

Impressum

Autor: Theodor Storm
Umschlagkonzept: toepferschumann, Berlin

Verlag: tredition GmbH, Hamburg
ISBN: 978-3-8424-1232-3
Printed in Germany

Ziel der TREDITION CLASSICS ist es, tausende deutsch- und
fremdsprachige Klassiker wieder in Buchform verfügbar zu
machen. Die Werke wurden eingescannt und digitalisiert. Dadurch
können etwaige Fehler nicht komplett ausgeschlossen werden.
Unsere Kooperationspartner und wir von tredition versuchen, die
Werke bestmöglich zu bearbeiten. Sollten Sie trotzdem einen Fehler
finden, bitten wir diesen zu entschuldigen. Die Rechtschreibung der
Originalausgabe wurde unverändert übernommen. Daher können
sich hinsichtlich der Schreibweise Widersprüche zu der heutigen
Rechtschreibung ergeben.

Theodor Storm

Bötjer Basch

Novelle

In der Süderstraße meiner Vaterstadt, dem Gäßchen gegenüber, das nach dem St. Jürgenskirchhof und über diesen an dem Stift entlang nach der Norderstraße führt, stand seit Anfang des 17. Jahrhunderts ein kleines Haus, über dessen Eingangstür sich ein in Sandstein ausgehauenes Bild befand: ein Mann in einem Schifflein, zu dem durch hohe Wellen der Tod geschwommen war und schon den Mann zu sich ins Meer hinabriß; darunter stand: »Up Land un See.« Es hieß, ein Steinhauer habe derzeit sich das Haus gebaut und zum Gedächtnis seines Vaters, der als kleiner Schiffer zwischen den Inseln gefahren war und dabei im Sturme seinen Tod gefunden hatte, dieses Epithaphium angefertigt.

Im dritten Jahrzehnte unseres Jahrhunderts, nachdem die derzeitige alte Inhaberin gestorben war, sah man mehrfach einen untersetzten Mann, alltags mit einem Schurzfell, sonntags in langem blauen Tuchrock und Stulpstiefeln, davor stehenbleiben und allmählich unter den kleinen Lindenbaum treten, dessen lang und schmal geschorene Krone sich zwischen dem Bilde und dem Giebelfenster streckte. Nachdem seine blaßblauen Augen wieder eines Tages an dem Steinbilde gehaftet hatten, griff er an die Türklinke, um ins Haus zu treten: aber es war verschlossen; durch die Butzenscheiben des Türfensters sah er auf einen langen schmalen Flur und durch einen offenen Eingang am Ende desselben in ein weites leeres Zimmer, in das von der Hofseite her die Mittagssonne schien. Langsam kehrte der Mann sich ab und schritt die Süderstraße hinunter bis auf den Markt, wo er die Steintreppe zum Rathaus hinaufstieg.

Dieser kleine Mann war der Böttcher oder auf plattdeutsch der Bötjer Daniel Basch, eine grüblerische Natur, bei alledem aber kein übler Handwerksmeister. Vier Wochen später hatte er das alte Haus im gerichtlichen Aufgebot gekauft und hielt mit einem alten Gesellen und einer noch älteren Schwester seinen Einzug in dasselbe; bald hingen bunte Zitzgardinen vor dem Fenster der unteren Stube, und zwischen den Geranien- und Resedatöpfen, die auf der Fensterbank standen, schaute das gutmütige Gesicht der alten Jungfer Salome auf die Gasse, wenn an den Markttagen alle die Wagen von den Dörfern in die Stadt hineinfuhren; im Pesel aber – so heißt in den alten Häusern der hintere Saal – war die Böttcherwerkstatt, und draußen vom Hofe klang es Tag für Tag: »Band, halte fest, halt fest!« und die Schlägel klappten, und die leeren Fässer tönten.

So mochte wohl etwa fünf Jahre die alte Schwester in ihrem Schlafstübchen oben von der Wirtschaftsarbeit geruht und in dem Giebelfenster ihre Ableger für das untere Blumenfenster gezogen haben, als sie eines Tages zu ihrem Bruder sprach: »Daniel, du bist erst funfzig; ich aber, euere Älteste, habe bald die Siebenzig; ich kann nicht mehr die schweren Wassereimer schleppen, und das viele Kartoffelschälen vertrag ich auch nicht mehr.«

Daniel Basch, der im Schurzfell vor ihr stand, wurde ganz bestürzt. »Hm«, sagte er, »Wie meinst du? Eine Magd? Es ist schon richtig, etwas wackelig wirst du aussehn!« Und er betrachtete sorgvoll das gute, runzelvolle Angesicht; zugleich aber hob er im stillen an zu rechnen, ob das Handwerk es wohl abwerfen möge, zu der Alten noch eine junge Magd ins Haus zu nehmen.

»Nein, Daniel«, sagte die Schwester lächelnd, »laß nur das Kalkulieren: die alte Frauke Michels in St. Jürgen ist gestorben, ihre Kammer ist leer, und die Herren werden mich wohl hineinnehmen, wenn ich bitte; wir sind ja Meisterkinder aus der Stadt hier.«

Daniel nickte; das Stift war nur durch ein kurzes Gäßchen von seinem Hause getrennt, es gab gute Kost dort, besser als in den gewöhnlichen Bürgerhäusern. Er drückte seiner alten Salome die Hand: »Halt, Schwester!« rief er. »Sprich nicht mehr! Sprich nicht mehr! Ich muß einen Gang tun« – ein Strahl wie von unglaublicher Glückeshoffnung flog durch seine blaßblauen Augen – »ei, sei so gut und hol mir meinen Tuchrock und die Stulpstiefel!« Er fühlte mit der Hand nach seinem Kinn; der Bart stand schon drei Tage; er nickte wieder, Meister Daniel wußte, was er wollte. Nun half seine

Schwester ihm in den langen blauen Staatsrock; die Stiefel hatte er
schon angezogen; nur noch den hohen Seidenhut und das Bambus-
rohr zur Hand, dann schritt er zuerst schrägüber zum Meister Bart-
scher und, als er bald glattrasiert herauskam, mit etwas langsame-
ren Schritten durch die Krämerstraße nach der Schiffbrücke und
dort in das Haus des alten Hafenmeisters Peters, mit dessen jünge-
rem Bruder er einst, wie gebräuchlich, die unterste Klasse der Gelehrtenschule besucht hatte. Als er in das Zimmer trat – die Nach-
mittagssonne schien herein, und der Kanarienvogel, der unter den
Blumen am Fenster stand, sang eben aus allen Kräften –, erhoben
sich drei Jungfrauen mit ihrem Nähzeug von den Stühlen; das waren die Töchter des Hafenmeisters: Mine, Stine und Line, von vierzig, neununddreißig und siebenunddreißig Jahren; sie waren alle
brave Mädchen, aber die braune Line war doch die bravste: sanft,
wirtschaftlich und von gutem Menschenverstande, dabei ein wenig
schelmisch. Und der Meister Daniel schaute sie an, und die Braune
lächelte dabei recht hübsch; »Mamsell Linchen«, sagte Daniel,
»könnte ich ein Wort mit Ihrem Vater reden?« Und Linchen wurde
dunkelrot und schoß hinaus, um ihren Vater aufzusuchen.

Eine Stunde später – im Böttcherhause hatte der Gesell die Jungfer Salome schon zweimal nach dem Meister gefragt – trat dieser
durch die Haustür, als die Jungfer Salome eben aus der Küche in
den Flur kam. Er winkte ihr schweigend mit gekrümmtem Finger in
die Wohnstube. Als sie dort waren, hob der kleine Meister seinen
hohen Hut vom Haupte: »So«, sagte er, »Schwester, nun sprich nur,
sprich nur weiter!«

Aber die Schwester sah ihn ganz verwundert an: »Was hast du,
Daniel?« frug sie; »an jedem Haar hängt dir ein Schweißtropf', und
ist doch kalt Novemberwetter; und deine Augen – – warum freust
du dich so? Haben wir das Große Los gewonnen?«

»Ja, Salome, so etwas von der Art; oder vielleicht, ich gewinne es
noch später, denn Line Peters ist, denk ich, eine sichere Nummer!«

»Was hast du mit Line Peters, Daniel?«

»Ruf erst den Gesellen!« sagte Daniel.

Und als der Gesell gekommen, da wurde es in der Familie offen-
bart, Meister Daniel und Line Peters wollten ein Ehepaar werden;

und die beiden alten Geschwister fielen sich um den Hals und weinten vor Freuden über den jungen Bräutigam. »Und nun sprich nur weiter, Salome!« sagte dieser.

»Ich hab ja weiter nichts zu sprechen, Daniel«, erwiderte die Alte lachend; »ich will ins Stift; setz dich nun hin und schreib mir die Bittschrift an die Vorsteher! Du bist nun gut beraten!« – – Und noch war es nicht Weihnachten, da saß die alte Schwester in Frauke Michels Stube in St. Jürgen und Line Peters als Frau Meisterin hinter den Blumentöpfen in dem Böttcherhause. Die erste Tat aber, welche Meister Daniel als junger Ehemann in den Flitterwochen vollbrachte, war, daß er mit einem Eimer voll Mörtel, die Kelle in der Hand, auf einer Leiter zu dem Totenbild über seiner Haustür hinanstieg und eine glatte Mörtelfläche sanft darüberlegte. »Das paßt nicht mehr!« sagte er bei sich selber; »nein, es paßt nicht mehr!« und damit machte er den letzten Strich daran. Dann stieg er von seiner Leiter; und nach acht Tagen, da es wohl getrocknet war, mußte der Gesell den alten Maler Hermes holen, der die schönen Nelken und Vergißmeinnicht für die Stammbücher machte; nun stieg dieser auf die Leiter und malte die schönste rote Provinzrose mit zwei grünen Blättern auf die graue Fläche. »Schön«, sagte Meister Daniel, der betrachtend in seinem Schurzfell neben der Leiter stand; »dann nun noch ein kleines Knöspchen dabei, aber nicht zu groß!« Und als auch das geschehen war, da trabte er in das Haus und holte seine kleine, schmucke Frau. »Nun guck einmal!« sagte er und wies auf das neue Kunstwerk, »und weißt du, wie die Rose heißt?« Das wußte die junge Frau nicht; da sprach er: »Die Rose heißt Line Basch!« – »Ach was!« rief sie und lief ganz rot ins Haus zurück, und Meister Daniel freute sich und lief ihr nach.

Und es dauerte gar nicht so lange, da hatte Meister Daniel zu der Rose auch schon die Rosenknospe unter seinem Dach, und das war ein kleiner Bube, der immer größer wurde und aus dem allmählich ein ganz verteufelter Junge aufstand. Noch hatte er seinen sechsten Geburtstag nicht gefeiert, als Fritz Basch schon in der ganzen Straße bekannt war; so gern seine Mutter ihn hochdeutsch aufziehen wollte, am liebsten sprach er doch plattdeutsch, vorzüglich mit den Tieren, die er alle in ihren schönen alten Versen anzusingen wußte.

Fand er im Sommer eine von den hübschen bunten Gartenschnecken, so guckte er sie mit seinen großen braunen Augen an und sang:

>>Tinkeltut,
Komm herut,
Stäk din Fi-fat-Hörens ut!<<

Streckte der Schneck dann aber seine zarten Fühler ihm entgegen, so tippte er mit seinem kleinen Finger darauf und rief: >>Lat di nich narren, Dummbart; bliev to Huus!<< und warf das Tierchen in den Zaun. Flog dann ein gelber Zitronenfalter oder gar ein Pfauenauge durch den Garten, dann flog er hintendrein:

>>Sommervagel sett di!
Näs un Ohren blött di!<<

und je länger er hinter dem Schmetterling laufen mußte, desto lauter und zorniger wurde sein Gesang; schrie er seinen Sommervagelspruch gar zu arg, dann flog wohl auch die Mutter in den Garten: >>Fritze, um Gottes willen, was gibt es denn?<< Dann ließ er die Ärmchen hängen und sah halb verschämt, halb schelmisch zu ihr auf: >>De Dummbart wull sick ock nich eenmal setten!<< und dabei wies er auf den Schmetterling, der eben nach dem Nachbargarten hinübergaukelte. Die Mutter faßte ihrem Jungen lachend in seinen braunen Haarpull und küßte ihn ab; dann lief sie mit ihm nach dem Weidenzaun unten im Garten und schnitt mit dem Küchenmesser, das sie beim Herauslaufen in der Hand behalten hatte, ein paar frische Zweige ab: >>Da hast du ein ander Spielwerk! Nun mach dir eine Wiechelflöte!<< Sie putzte und kerbte ihm noch das Weidenstöcklein, und nun saß Fritz wieder lustig auf der Bank unter dem großen Birnbaum, klopfte wacker mit dem Messerstiel darauf, damit er das innere weiße Stöcklein aus der Rinde ziehen könne, und sang:

>>Fabian, Sebastian!
Lat de Saft ut Holt rut gan!<<

und das so lange, bis die Flöte fertig war.

Aber er machte auch selber Verse: eines Sonntagnachmittags kam die alte Jungfer Basch aus ihrem Stifte zum Kaffee auf Besuch, und auf ihrem grauen Scheitel saß eine schimmernd weiße Haube mit Rosataffetbändern. Die stach dem Jungen so in die Augen, daß er nur immer auf die Haube guckte. »Sag Tante Salome doch guten Tag!« ermahnte ihn Frau Line. »Tag, Tante!« sagte er und sah immer nur nach der weißen Haube mit den roten Bändern, auch als er danach auf einem Schemel in der Ecke saß, während Vater und Mutter sich mit der Schwester am Kaffeetisch vergnügten. Bald aber fing er an zu murmeln, und seine lustigen Augen lachten wie über einen Schelmenstreich. »Wat hett de Jung?« sagte die Alte, die auch gern plattdeutsch sprach.

»Was hast du, mein Junge?« übersetzte Frau Line, indem sie sich zu ihm wandte.

»Dörf ick nich segg'n«, erwiderte Fritz.

»Warum nich, min Kind?« sagte die Tante, »ick gäv di Verlöv.«

Da sah der Junge die Alte ganz spitzbübisch an und sagte:

>»Ros' in Snee! Ros' in Snee!
>Dat is Tante Salome!«

»Sieh so!« rief Meister Daniel, »nu hest du't!«

Die gute Alte aber drohte dem Jungen halb ärgerlich mit dem Finger: »Is awer doch 'n näskloken Slüngel, jüm Fritz!« sagte sie dann und tauchte ihre Nase in die Kaffeetasse.

»Hm!« machte Meister Daniel und griff mit der Hand in seinen schon ergrauenden Haarpull. Als aber Fritz zu seinen Kameraden auf die Gasse gelaufen war, blickte er wieder auf. »Line! Mutter!« sagte er.

»Was denn, Daniel?«

»Akkurat so wie ich«, erwiderte Daniel und schüttelte behaglich lachend seinen Kopf.

»Was ist akkurat so wie du?« frug Frau Line.

»Was? – Das mit dem Jungen! Ich saß auch einmal in seinem Alter so auf dem Schemel – es ist noch just derselbige –, da trat eine alte dicke Ostenfelderin zu meinem Vater in die Stube, und da es die Bauervögtin war, so sagte er: ›Jung, steh auf und sag schmuck guten Tag!‹ Aber ihre rot und gelb und blaue Staatsuniform und der weiße Lappen auf dem Kopf, ich hatte so viel daran zu sehen und konnte nicht mit mir einig werden, ob sie doch nicht vielleicht ein Türke wäre – bis daß ich endlich, ehe ich noch ein Wort hervorbrachte, von meinem hitzigen Vater einen hahnebüchenen Backenstreich erhielt.«

Tante Salome nickte, sie kannte die Geschichte; Frau Line Basch lachte: »Ich meinte, du hättest auch Verse gemacht, Daniel!«

Der Alte schüttelte den Kopf: »Nein, Linchen, das ist es eben: ich bekomme meinen Backenstreich und falle vom Schemel; der Fritz macht seinen Vers und läuft zur Tür hinaus.« Daniel sah seine Frau recht freundlich an: »Mutterwitz!« sagte er schelmisch. Und Frau Line nickte.

Glückes genug war in Meister Daniels Hause; aber wer, der seine Zeit gelebt hat, wüßte es nicht, daß, wie das Leben, so noch mehr das Glück auf leichten Flügeln geht.

Es war um die Frühlingszeit, und im Garten wurden die Stachelbeerbüsche grün, und die Störche kamen nach der langen Winterszeit wieder aus dem Süden, um auf den Schornsteinen der Stadt ihre alten Nester zu beziehen oder hie und da ein neues sich zu bauen. Fritz lag vor seinem Gartenstück auf den Knien und setzte seine Primeln und Veilchen schon zum dritten Mal an eine neue Stelle, da flog ein Schatten über ihm weg, und als er aufblickte, sah er einen großen Storch nach seines Vaters Dach fliegen und sich dort mit seinen langen Beinen niederlassen. »Hallo!« rief er:

> »Adebare Esther,
> Bring mi 'n lütje Schwester!«

Und der Storch warf den Kopf in den Nacken und klapperte schallend in die helle Frühlingsluft hinaus; der lange rote Schnabel glänzte in der Sonne.

Da warf Fritz den kleinen Spaten hin und klatschte fröhlich in seine Hände und rief:

»Adebar, swart un witt,
Bring mi ock en Kringel mit!«

Die Erfüllung war näher, als er dachte; aber der Adebar kam statt mit der Windel mit einem schwarzen Flor geflogen, und von Kringeln war bald eine ganze Fülle im Hause, aber es waren Totenkringel, und Fritz saß auf der Bodentreppe und aß sie unter strömenden Tränen. Das Schwesterlein war zwar dagewesen, ein kleines rotes Dings, das Fritz nur ganz von ferne anzusehen wagte; die Mutter sah so bleich aus, sie reichte ihm aus ihrem Bett die Hand und frug: »Magst du sie leiden, Fritz?« Aber Fritz schüttelte stumm den Kopf, dann lief er aus dem beklommenen Stübchen in die frische Maienluft hinaus.

Drei Tage später stand er mit seinem Vater an einem Sarge; darin lag seine bleiche Mutter, die gute schelmische Frau Line; sie regte sich gar nicht, und ihre Augen waren ganz geschlossen; in ihrem linken Arme lag ein sehr kleines Kind, das war auch totenbleich. Wie vor einem fremden schauerlichen Wunder stand der Knabe mit verhaltenem Atem; er war eben erst sechs Jahre alt geworden.

Tante Salome, die mit ihnen dastand, drückte ihrem Bruder die Hand: »Ja, Daniel«, sagte sie, »dat Kind hett di din Fru mit wegnamen!«

Daniel nickte stumm und sah, wie keines Gedankens mächtig, auf seine Toten; aber des Knaben Gehirn war durch das Wort der Alten aufgestört: »Mitnamen, Vatter?« frug er leise. »Warum? Warum doch?«

Meister Daniel blickte auf seinen Jungen, der mit erwartenden Augen zu ihm aufsah: »Das weiß nur der liebe Gott!- sagte er, und seine Lippen zitterten, »vielleicht... das arme kleine Ding, es hat wohl so allein nicht in die weite dunkle Ewigkeit hineingekonnt.« Dann hob er plötzlich den Knaben auf seinen Arm und legte die andre Hand auf die kalte Stirn der Toten: »Fritz – se kummt nimmer wedder, vergitt är nich!«

- - Am andern Abend waren Mutter und Kind begraben; Tante Salome blieb ein paar Tage, bis eine Frau angenommen war, die täglich einige Stunden kam, um die Hausarbeit zu besorgen. Der alte Gesell, der in seiner Jugend einmal Schiffskoch gewesen, übernahm das bißchen Kochen, was sie nötig hatten, und Tante Salome kehrte in ihr Stift zurück.

So ging denn der kleine Haushalt notdürftig weiter, aber es war kein so fröhlicher Gang mehr wie vorher; die Musik von Frau Lines lebensfrischer Stimme fehlte. – Wenn Fritz in seiner Klippschule saß und um neun Uhr vormittags auch die Arbeitsfrau sich entfernt hatte, dann lag das lange Vorderhaus wie ausgestorben; es rührte sich nichts mehr darin, zumal wenn dann auch zur Frühstückszeit im Pesel und auf dem Hof die Arbeit ruhte und Meister und Gesell sich auf der Schnitzbank oder den kleinen Fässern schweigend gegenübersaßen und ihr Stückchen Brot verzehrten. Es war, als ob beide nach der Stille lauschten, die vorne in dem toten Hause herrschte. Fiel dort von den Wänden etwa ein Stückchen Kalk mit leisem Geräusch zu Boden, dann flog es wohl auf einen Augenblick wie ein Leuchten über des Meisters Angesicht; war ihm doch, als sei der leichte Fußtritt seiner Line ihm ins Ohr gedrungen; aber er wischte es bald mit seiner harten Hand wieder fort. Einmal hatte sich die Nachbarskatze in die dämmeriger nach einem engen Gang belegene Küche eingeschlichen; so heimlich sie auch schlich, es kam doch ein Geräusch von da nach der Werkstatt; die Feuerzange war vom Herd gefallen. Meister Daniel ließ den Schlägel ruhen: wie oft war sie nicht auch Frau Lines rascher Hand entglitten! Wie oft hatte er sie dann neckend ihr wieder aufgehoben, und wenn er auch aus der Werkstatt hatte herzuspringen müssen! Auch jetzt lief er in die Küche, es war ihm wie ein heiliger Spuk. Als aber die Katze in der offenen Tür an ihm vorbeigesprungen war und er die Zange leise wieder an ihre Stelle gelegt hatte, setzte er sich auf den leeren Küchenstuhl und starrte bald nach dem Herd, bald nach dem Küchenschranke, zwischen denen sie sich einst geschäftig hin und her bewegt hatte; aber es blieb alles still; nur ein Sperlingspaar, das sich draußen miteinander haschte, rutschte an den kleinen Fensterscheiben herunter und flog dann kreischend weiter.

Als Meister Daniel in einer halben Stunde noch nicht wieder in der Werkstatt war, ging der Gesell in die Küche und legte sacht die Hand auf seine Schulter: »Meister!«

»Ja, ja, Marten.« – Dann gingen sie miteinander in die Werkstatt, und Meister Daniel nahm wieder sein Handwerkszeug und machte sich schweigend an die Arbeit.

Erst wenn nach elf Uhr die Glocke der Straßentür schellte und Fritz, aus der Schule kommend, durch den engen Flur nach dem Pesel stürzte, kam wieder Leben in das Haus und in den alten Meister. Der Gesell stand dann am Herd, um die kleine Mahlzeit zu bereiten; Vater und Sohn aber gingen in den Garten und zu Fritzens Beeten. War hie und da eine Knospe an einer Blume aufgegangen, dann grub er sie unbarmherzig aus, und am Feierabend ging er mit seinem Vater nach dem Kirchhof und pflanzte sie auf Mutters Grab. »Sie sieht es doch, Vater?« frug er dann. Der Alte nickte: »Das hoffen wir, mein liebes Kind.«

Aber die Welt war so voll andern Dingen, und viele davon waren so vergnüglich: Hunde und Katzen, Marmel und Haselnüsse, Pflaumen und Kirschen; der Junge konnte doch nicht immer an seine tote Mutter denken. Einmal in der Dämmerstunde, da er mit seinem Vater im Garten unter dem Birnbaum saß, sagte er, nachdem sie eine Zeitlang nicht gesprochen hatten: »Vater!«

»Was meinst du, Fritz?«

»Ich glaub«, sagte er leise – denn es war die Frucht seines langen Nachdenkens – »ich glaub, es ist doch gut, daß Mutter mit Schwester in den Himmel gegangen ist!«

»Wie meinst du das, Fritz?« frug Meister Daniel.

»Ja, Vater, sie war so furchtbar klein noch; sie wär' wohl bange vor dem lieben Gott geworden!«

»Nein, Kind, vor dem lieben Gott wird niemand bange, nur die Bösen. Ich, Fritz, ich denke, es wär' doch schöner, wenn wir sie behalten hätten, dann wüßtest du auch noch, wie weich Mutterhände sind!«

Aber Fritz sprang von der Bank und stellte sich strack und mit geballten Fäustlein vor seinen Vater hin: »Ja, Vater«, rief er, »schöner wäre es wohl; aber ich brauch keine Mutter mehr, ich bin ein Junge.«

Und Meister Daniel betrachtete etwas ängstlich seinen Jungen, der schon so früh für sich selber stehen wollte.

Allmählich war die Zeit vergangen, und Fritz hatte bald sein dreizehntes Jahr erreicht. Er war ein leidlich gewachsener Junge, trug einen kurzen blauen Tuchrock, manchesterne Hosen und eine große runde Tellermütze, wie sie damals unter den Jungen Mode waren, und wanderte vor- und nachmittags, wie einst sein Vater, mit einem Packen Bücher in die unterste Klasse der Gelehrtenschule. In Geographie und Rechnen war er bald der Meister; auch in den andern Fächern konnte er gewaltig lernen, das heißt, wenn er mochte; aber er mochte nur nicht immer, und im Lateinischen wollte er mit mensa und amo nichts zu tun haben. »Was brauch ich Latein!« sagte er. »Wenn ich konfirmiert bin, komm ich in Vaters Werkstatt, und die Faßbinderei geht auch auf deutsch, am besten auf plattdeutsch!«

Es war aber nicht das allein: er hatte, gleich seinen Kameraden, eine knabenhafte Nichtachtung gegen den alten Kollaborator, der doch in der ganzen Stadt für ein »höchst gelehrtes Haus« galt; aber dieses schöne Wissen ging über den Kopf der dummen Jungen weg, und in den Dingen des frischen Lebens, worin sie die Meister waren, war er zeitlebens ein Kind geblieben.

Wenn morgens bei seinem Eintritt die Jungen mit allerlei Possen auf ihre Plätze gekrochen und gesprungen waren, pflegte der etwas ärgerliche Herr seinen hageren Hals vorzustrecken und, in der einen Hand das Buch, mit der andern und seinem kahlen Kopf ihre Sprünge nachzuäffen: »Ei, ihr Knaben«, sagte er dann wohl, »ihr seid ja lustig wie die Galgenvögel! Wen wollet ihr denn heute rupfen?«

»Hol dich der Henker!« murmelte Fritz oben auf seinem Platze, und: »Hol dich der Henker! Hol dich der Henker!« lief es sogleich die Bank hinunter.

»Was erlaubet ihr euch zu bemerken?« frug dann der etwas harthörige Alte.

Und alle riefen: »Wir wünschten Ihnen guten Morgen, Herr Kollaborator!«

»Nun«, erwiderte er, »wenn euere Fröhlichkeit aus einem guten Gewissen stammt, so sag mir einmal, Fritz Basch, wie heißt das Gerundium von pulso, ich schlage?«

Wenn aber auch Fritz mit dem Lateinischen bald in die Brüche kam, in allem andern war er doch der Baas unter seinen Kameraden. Bedurfte es zu einer Lustigkeit oder zu einem Schelmstück einer kleinen Barschaft, so winkte er seine Vertrauten in den dunkeln Raum, der zwischen ihrer oben belegenen Klasse und dem Dache lag. »Habt ihr Geld?« frug er eines Nachmittages; »sieben Schilling gebrauchen wir; ich habe zwei!«

»Nä«, sagte Hans Reimers, der dicke Schlachterssohn, der nie etwas ausgeben mochte, »ick hev nix, hev mi güstern erst 'n Meerswienbock köft.«

»Von wem hest de köft?«

»Hier, von Klaus Schohster.«

»Gut! – Klaus, wo väl hest du noch davon?«

»Dree Schilling!« sagte Klaus ein wenig beklommen, indem er das Geld aus seiner Tasche sammelte.

»Das sind fünf!« rief Fritz, »wer hett de Rest?« Aber schon kamen vier Jungenshände und reichten ihm jede einen Sechsling, und so konnte die Sache losgehn. Fritz war ihr Vertrauensmann; sie wußten, für die Sechslinge oder Schillinge, die sie ihm gaben, konnten sie sicher ihren Spaß oder Schabernack erwarten.

– – Diese Schillingsammlung war nur das Vorspiel zu einem Knabenstreiche gegen den Kollaborator gewesen; mit kleinen Schellen war dabei gebingelt und mit einer kleinen Kanone dabei geschossen worden. Alles war sehr akkurat gegangen, aber dem Alten hatte diese Lustigkeit ein Gallenfieber zugezogen; die lateinischen Stunden wurden ausgesetzt, und Fritz und seine Mitschuldigen mußten eine Woche lang jeden Nachmittag nachsitzen; die Sache wurde in der ganzen Stadt besprochen.

»Fritz«, sagte Meister Daniel zu seinem geliebten und sonst so bewunderten Sohn, »wie konntet ihr so mit dem gelehrten Manne umgehn, von dem ihr doch so viel lernen könnt!«

Aber Fritz lachte überlegen und schüttelte langsam seinen Kopf: »Lernen, Vater? – Nä, lernen nicht.«

»Was, Fritz? Nicht lernen? Warum nicht?«

»Ja, Vater« – und der Junge steckte beide Hände in die Hosentaschen –, »weil er sonst zu dumm ist!«

Der Meister fuhr seinem Fritz mit der Hand auf den Mund: »Junge, daß das die Nachbarn doch nicht hören!«, denn sie gingen miteinander an dem Gartenzaun entlang, und nebenan der Schneider häufte eben seine Kartoffeln.

Fritz war beiseite gesprungen: »Vater«, rief er, »nimm grünen Hafer und eine Buchweizenpflanze und halte sie dem Herrn Kollaborator unter die Nase! Ich wett meine drei Kaninchen, er sagt dir: Dieses ist der Rübsamen, und auf jenem wird wohl die nützliche Kartoffel wachsen!«

»Aber Fritz, das ist ja schrecklich!« sagte Meister Daniel und schob sich die blaue Zipfelmütze von einem Ohr zum andern, »und deshalb wollt ihr den armen Mann vom Leben bringen! Was geht denn die Gelehrten der Hafer und der Buchweizen an? Das ist ja Bauernweisheit!«

Fritz stutzte: »Vom Leben bringen, Vater?«

»Ja, ja; es muß wohl nicht zum besten stehen, denn gestern haben sie noch den zweiten Doktor an sein Bett geholt. Denk mal, wenn seine arme Frau und seine kleine Magdalena, von der du mir so oft erzählt hast, nun ihren Vater um eueren dummen Spaß verlören! – Fritz, du hast doch wenigstens einmal eine Mutter gehabt...« Da aber brach dem alten Daniel die Stimme. »Und dein alter Vater...« begann er noch einmal. »Besinne dich, Fritz!« und damit trabte er ins Haus zurück. Fritz blieb allein im Garten.

Als nach einer halben Stunde der Gesell durch den Hauptsteig ging, lief er noch immer dort hin und wider, sammelte kleine Steine auf und schleuderte sie einen nach dem andern durch die Luft, daß sie wie grimmig dahinsausten.

»Hallo, Fritz!« rief Marten. »Auf wen bist du so zornig?«

»Up mi un de Welt!« brummte Fritz und schleuderte einen neuen Stein in die Luft.

»Smiet man keen Lüd dot!« sagte der Gesell und ging seiner Wege.

Aber vor dem Abendessen mußte er in die Stadt, denn Fritz war nirgend zu finden. Endlich am Hafen sah er einen Jungen im Maste eines Schoners auf der Gaffel sitzen. »Is dat uns' Fritz?« frug er den Kapitän, der am Bollwerk stand; denn Fritz war gut Freund mit allen Schiffern und konnte fast einen Leichtmatrosen abgeben.

Der Kapitän nickte: »Ja frili; he kiekt all över'n halv Stunn in't Abendrot!«

Aber nun mußte Fritz herunter und mit Marten an die Abendschüssel, aus der er zwar kaum eine Pellkartoffel und einen Heringsschwanz verzehrte.

»Lat em!« raunte der Meister leise seinem Gesellen zu. »He besinnt sik!«

Ebenso stumm ging Fritz am andern Morgen in die Schule. Der Vormittag verging; es war schon Essenszeit, und noch war er nicht wieder da; Meister und Geselle saßen schon an ihrer Grütze, da wurde erst die Haus- und dann die Stubentür aufgerissen, und Fritz stürmte herein. »Vater!« rief er – und seine Augen funkelten von Glück und Freude – »Vater, es geht ihm heute viel besser! Und nun soll er es auch gut bei uns haben!«

»Wem? Wer?« rief Meister Daniel. »Der Kollaborator?«

Und Fritz nickte wichtig. »Verlaß dich drauf, Vater; wir haben eine Verschwörung gemacht!«

Da legte Daniel Basch seinen Löffel hin und zog seinen Jungen mit Gewalt in seine Arme. »Min Fritz, min Sön! Mutter är gude Jung!«

Aber Fritz hatte sich losgerissen, lief auf den Hausflur und kam mit einem hübschen Vogelbauer wieder in die Stube, worin ein rotbrustiger Vogel mit schwarzem Käppchen auf der Stange saß. »Sieh, Vater«, rief er und hielt das Bauer empor, »den hat mir Julius

Bürgermeister geschenkt; der flötet ›Üb immer Treu und Redlichkeit‹, aber nur die erste Hälfte, und darum hat Julius seine Mutter gesagt, sie könnte die halbe Redlichkeit nun nicht mehr in ihrem Kopf aushalten.«

»Segg mal, Fritz«, sagte der Gesell, »was is dat egentlich vör'n Vagel?«

»Das ist ein Dompfaff!« erwiderte Fritz stolz, »er hat Bürgermeisters fünf Taler gekostet.«

Daniel hatte bald seinen Jungen, bald den Vogel mit glücklichen Augen angesehen. »Fritz«, sagte er, »wi wülln ein beholen, tum Andenken an düssen Dag.«

So war alles wieder gut; aber bald geschah in der Schule etwas Merkwürdiges. Der alte Kollaborator, als er wieder seine Stunden hielt und nun sogar Fritz Basch auch im Lateinischen ein Held wurde, vermochte offenbar die gewohnten kurzweiligen Neckereien der Jungen nicht mehr zu entbehren; ihm fehlte etwas, was zu seinem Leben gehörte; er fing nun selbst an zu necken und wurde bleich und elend bei diesem Frieden, der trotz alledem, als beschworen, nicht gebrochen wurde, solange Fritz in der Klasse herrschte.

Aber der Dompfaff wollte nicht flöten; er hing oben in der Giebelstube, in welcher Fritz, seit er Gelehrtenschüler war, schlief und arbeitete; wenn es mittags zu heiß wurde – denn es war im Hochsommer –, hing er das Bauer auch wohl nach draußen neben dem Fenster, wo der schmale Lindenschatten es bedeckte. Aber auch hier wollte der Vogel mit seinem Liede nicht beginnen, sondern krakeelte nur mitunter ein unmelodisches Gezwitscher. »De kann nix«, sagte der Gesell, »se hebt di wat wiis makt, Fritz!«

»Geduld, Marten!« rief dann Fritz, »en Bötjerhuus mutt so'n vörnehmen Vagel erst wendt warren!«

Und richtig, als nach einigen Tagen Fritz aus der Schule kam und, wie jetzt immer, leise und lauschend die Treppe hinanstieg, da mußte er plötzlich stehenbleiben.

»Üb immer Treu und Redlichkeit!«

Wahrhaftig! das war der Vogel, er flötete. Und noch einmal wieder: »Üb immer Treu und Redlichkeit!«

Die Melodie war ganz genau, und Fritz sang leis die Worte mit; aber weiter kam der Vogel nicht. Fritz stand lange unbeweglich; als er aber zum dritten Male anhub, rannte er in die Werkstatt hinab, um seinen Vater zu holen, und beide standen hinter der Kammertür, und der gut gelaunte Dompfaff pfiff ihnen dreimal nacheinander sein Stückchen vor, und da er nichts Weiteres konnte, so pfiff er es ihnen auch zum vierten und zum fünften Male. Da der Alte wie der Junge so etwas noch nie gehört hatten, so entzückte es sie, als wär's ein lieblich Wunder. Zuletzt kam auch noch der Gesell und stand mausestill mit an die Tür gelehntem Ohr. »Fritz!« flüsterte er, »so'n Vagel! Hev min Lävdag noch so'n Vagel nich hört!« Als Fritz aber, während der Dompfaff jetzt noch einmal anhub, leis die Kammertür zurückdrängte, brach das Tierchen jählings ab; »Fiu!« machte er noch, dann wetzte er seinen schwarzen Schnabel und kroch in sich zusammen.

Seine Hörer blieben doch des Wunders voll. »Fritz«, sagte Meister Daniel seufzend, indem er heftig seines Sohnes Hand drückte, »wenn deine Mutter das belebt hätte!«

– Die Zeit rückte weiter; nach und nach störte den Vogel die Gegenwart der Hausgenossen immer weniger, und auch sie wurden sein Kunststückchen gewohnt; aber Fritz blieb sein getreuer Pfleger; im Winter – denn in der Giebelkammer war kein Ofen – hing er am Fenster in der Wohnstube unten über dem Stuhl, wo einstmals Tante Salome und später, nur zu kurz, die gute Frau Line ihren Platz gehabt hatte, und manche Kinder, die vorübergehen wollten, blieben stehen und hörten nach dem wunderbaren Vogel.

So waren ein paar Jahre vorüber; Fritz war jetzt ein stämmiger
Bursche mit sicheren und kühnen Augen und hantierte schon lange
als Lehrling in seines Vaters Werkstatt. Lenkbeil und Schlägel standen ihm fix zur Hand; nur etwas zu rasch und kräftig arbeitete er
mitunter, und als Tante Salome, was wegen zunehmender Alters-
schwäche nur etwa ein- oder zweimal im Sommer geschah, eines
Vormittags in die Werkstatt kam, sagte sie: »Du makst'n Larm vör
dree, Fritz! Is denn de Arbeit ock dana?«

»Fix oder nix, Tante!« rief der Junge und schlug dabei auf die
Bänder, daß sie in Splittern auseinanderflogen.

»Gott bewahr uns in Gnaden!« rief die Alte, »du hest'n düren
Leerburs, Daniel!«

Aber Meister Daniel lachte, er kannte seinen Fritz; irgendwie und
-wo mußte mitunter das Feuer in dem Jungen sich Luft machen,
und auf ein Faßband kam's nicht an; denn er wußte es, Fritz war ein
Waghals; die Gefahr war für ihn, was die Vogelbeere für den
Krammetsvogel, und je kräftiger er wurde, um desto mehr. Mit dem
Küster, der zugleich Glöckner war, hatte er nur Freundschaft geschlossen, weil die drei großen Glocken im Kirchturme geheimnis-
voll seine Neugier reizten. Wenn eine vornehme Leiche mit allen
dreien zu Grabe geläutet werden sollte, so war er sicher vorher
schon auf dem drittobersten Turmboden, und kam der erste Ton
des Geläutes, so klomm er an den Querleisten des emporgehenden
Balkens hinauf, der von dort statt einer Stiege an der größten Glocke vorbeiführte, und während sie sich heulend dicht an ihm vor-
überschwang, suchte er, an seinem Balken angeklammert, mit den
Augen ihren Taufspruch zu erhaschen und sang ihn laut nach einer
wilden Melodie in das hallende Dreigetön hinaus: »Sum regina
coeli, virgo Maria, tonantis!« bis er zuletzt fast taumelnd den Boden
wieder erreichte.

Stand ein Sturm am Himmel und flog dann ein Boot durch das
schäumende Wasser aus dem Hafenstrom in das Wattenmeer hinaus, so saß sicher niemand als Fritz Basch und ganz allein darin;
man brauchte nur einen der Schiffer an dem Hafen zu fragen.

»Wer anners!« war die Antwort. »De Gewaltsbengel, wenn he
um't Boot fragt, so hett he't ock all losknütt; de Antwoort givt he
sick wull sülven!«

Kam er dann durchnäßt, mit wirrem Haar, nach Hause, so sah der Meister ihn wohl angstvoll an: »Fritz, Fritz!« sagte er einmal, »wenn du mir von solcher Fahrt nicht wiederkämst!«

Aber Fritz nahm lustig seinen Schlägel und ein Faß und begann ohne weiteres seine unterbrochene Arbeit wieder. »Vater«, sagte er treuherzig, »ich mach heute eine Stunde später Feierabend; aber den jungen Seehund hättst du sehen sollen, mit dem ich um die Wette fuhr; das war heut just unser Wetter!«

»Ja, ja, Fritz!« sagte der Alte. »Ein Seehund, aber du bist ja denn doch keiner!«

Der Junge ließ die Hand mit dem Schlägel hängen, und in sein geliebtes Plattdeutsch fallend, sagte er stolz: »Na, wat en Seehund swemmt, dat swemm ick ock!«

Der alte Meister Daniel schüttelte seufzend den Kopf, und die Schläge an den Fässern tönten wieder durch die Werkstatt.

Nachdem drei Jahre seit Fritzens Konfirmation verflossen waren, war es recht still in Meister Daniels Haus geworden; denn Fritz arbeitete jetzt als Gesell in einer großen Faßbinderei in Hamburg; nur etwa einmal im Monat kam ein Brief von ihm. Meister Daniel und sein Marten konnten die Arbeit zu Hause aber auch jetzt gewaltig allein tun, denn unten in der Stadt hatte sich eine große neumodische Brauerei mit einem eigenen Böttcher aufgetan, und Daniels Hauptkundschaft, die alte Petersensche Brauerei ihm gegenüber, die nur das hergebrachte Gut- und Dünnbier für Stadt und Umgegend lieferte, hatte dadurch einen großen Teil ihres Absatzes verloren. Tante Salome kam auch nicht mehr aus ihrem Stift; sie war zu schwach dazu geworden. Meister Daniel stand oft nachdenklich unter der Linde vor seiner Haustür und sah nach seinem von Wind und Wetter schon recht verwaschenen Türstück auf; traurig schüttelte er den Kopf: seine Rose lag ja längst im Grabe, und die Knospe war als großer wehrhafter Bengel in die Welt gegangen.

»Paßt nicht mehr!« sprach er leise vor sich hin und ging wieder in die Werkstatt. Mitunter lief er auch in den Garten, als könne er dort sich frisches Leben holen; wenn er aber an seines jungen Blumenbeete kam, die jetzt ganz verunkrautet lagen, dann stand er lange, riß ein paarmal eine Hand voll Nesseln aus und sah dann, daß das Blumenbeet doch nicht wiederkam.

Aber es sollte noch stiller um ihn werden. Ein großes Sterben, ein Typhus, wie die Ärzte sagten, fiel auf die Stadt. Die ersten, welche zum Kirchhofe hinausgetragen wurden, waren der Kollaborator und seine noch leidlich junge Frau; seine beiden Kinder, die kleine Magdalena und ihr etwas älterer Bruder, ein heimtückischer, schieläugiger Bursche, kamen zu ihrer Großmutter, einer alten gelähmten Pastorswitwe, deren Geschichten von gläsernen Bergen und verwünschten Prinzen dem Lenchen besser behagten als die antiken Lebensregeln ihres ärgerlichen Vaters. Zum Unglück Meister Daniels aber war gleich danach auch sein alter Brauer Petersen gestorben, und die Witwe hatte den Mut zur Fortsetzung des Geschäfts verloren. So wurden Arbeit und Verdienst noch kleiner, und der alte Marten mußte auf seines Meisters Drängen sich einen Platz in der neuen Brauerei verschaffen, wo dem Böttcher ein Geselle nötig wurde.

Daniel hatte das alles eben an seinen Sohn geschrieben, ging dann durch die leeren Räume seines schmalen Hauses, stellte in der Werkstatt Dauben und Hölzer gegen die Wände und stand endlich vor einem Fenster der Wohnstube, mit wirren Gedanken in den hellen Februartag hinausstarrend. Von den Menschen, die dann und wann vorübergingen, sahen seine Augen nichts; er hatte seine blaue Zipfelmütze in der Hand und fuhr sich von Zeit zu Zeit in seine Haare. Ja, er wollte jetzt ganz allein in seinem Hause bleiben; er war ein ordentlicher Wirt gewesen; die Zinsen von ein paar ersparten Kapitalien und der Verdienst von seiner noch verbliebenen kleinen Kundschaft würden für ihn schon reichen! Er begann zu rechnen, wieder und wieder, aber das Fazit blieb dasselbe. Es schoß ihm heiß zu Kopfe; er hatte gedacht, es mache doch ein Sümmchen mehr; und wenn er für Not und Krankheit noch etwas hinter der Hand behalten wollte?... Da fiel es wie ein Strahl in die dunkle Kammer seines Kopfes; er hatte ja ein ganz leeres Haus; was brauchte er jetzt noch die Wohnstube und die Kammer, die dahinter lag! Eine Mieterin, eine stille alte Person, das wär's; dann hätte er genug! Er selber zöge nach oben hinauf in die Giebelkammer seines Fritz; nur ein kleiner Kochofen müßte dort noch gesetzt werden, dann könnte er sich selber seinen Mittag machen!

Eine trübe Art Zufriedenheit kam über Meister Daniel, und er hörte nun auch, daß am andern Fenster der Dompfaff flötete:

Üb immer Treu und Redlichkeit,
Bis an dein – – –

»Fiu!« machte der Vogel, und der alte Mann nickte. Ja, so weit hatte Fritz es ihm noch beigebracht; und nun begann das Tier sein Stück von neuem. Als Daniel wieder durch das Fenster blickte, vor dem schon längst keine Rosen und Geranien mehr grünten, sah er draußen eine Rosenknospe, ein acht- oder neunjähriges Mädchen mit einem sanften Gesichtlein und ein Paar blauen Augen, mit denen sie, andächtig lauschend, nach dem Vogel hinaufsah; denn sie stand mit einem älteren Knaben dicht unter dem Fenster. Der Junge aber schielte und sah bös und häßlich aus und schien indessen seine Marmel in der Tasche nachzuzählen. Da zog das Mädchen ihr rotes Händchen aus dem Muff, und ihn zu sich ziehend, wies sie mit dem Finger nach dem Vogelbauer. Aber Meister Daniel, den die Kinder nicht zu bemerken schienen, erschrak fast; denn wie eine Katze, die nach einer Beute springt, fuhr der Junge mit einem Schrei empor, als wolle er den schönen Vogel greifen. Unwillkürlich klopfte der Meister an die Scheiben und drohte mit der Faust; da machte der Bube ihm ein Schelmgesicht und rannte davon; das blonde Dirnlein aber stand, als könne sie vor Schreck nicht von der Stelle.

Ein Lächeln zog über des guten Meisters Antlitz, und er winkte dem Kinde, daß es zu ihm kommen solle; da sie aber keinen Fuß rührte, ging er zu ihr auf die Gasse. »Komm mit mir in die Stube!« sagte er, ihre Hand fassend; »da kannst du dir in der Wärme den Vogel besehen!«

Als sie drinnen waren, nahm er das Bauer von der Wand und stellte es vor ihr auf den Tisch; aber der Dompfaff wetzte nur den Schnabel und sah sie mit seinen schwarzen Augen an.

Sie tat einen tiefen Atemzug: »Was ist das für ein Vogel?« frug sie leise.

»Das ist ein Dompfaff!« erwiderte der Meister.

»Ein Dompfaff?« und sie hielt lange den kleinen Zeigefinger an die Lippen. »Ist er denn verzaubert?«

»Was denn? Verzaubert?« frug der Alte, und sie nickte mit ihren großen Augen.

»Warum denn verzaubert?« frug er nochmals.

»Er flötet ja wie ein Junge!«

»Wart mal«, sagte der Meister, dem diese Frage wie aus einer andern Welt kam; »nein, so was nicht! Nur, sie sagen, daß er ein dummer Vogel sei; aber, Kind, er ist gewaltig klug, und darum kann er auch flöten.«

»Darum?« wiederholte das Kind; und beide verfielen nun in tiefes Sinnen über diesen wunderlichen Fall. »Sag einmal«, sprach Meister Daniel dann, nachdem er eine Weile in das feine Gesichtlein geschaut hatte, »bist du nicht die kleine Magdalena, von der mein Fritz mir oft erzählt hat?«

Sie sah ihn fragend an: »Wir sind dem Kollaborator seine«, sagte sie; »aber unser Vater, auch Mutter ist gestorben.«

»Ja, ja, ich weiß; arme Kinder!« sagte er und strich mit seiner harten Hand ihr sanft die goldblonden Härchen aus dem Gesichtlein, das bei den letzten Worten sich zum Weinen verzogen hatte. »War denn das dein Bruder, den du bei dir hattest?«

Sie nickte. »Wir sind beide bei unserer Großmutter; aber die kann gar nicht von ihrem Lehnstuhl auf!«

»Das ist nicht gut für deinen Bruder«, sagte der Meister ein wenig strenge. »Wie heißt er denn?«

»Tiberius.«

»Was für was?« frug er, und das Kind wiederholte das Wort.

Der Alte schüttelte den Kopf. »Ist denn das ein christlicher Name? Hat unser Pastor ihn so getauft?«

»Ich weiß nicht«, sagte die Kleine halb gedankenlos; denn der Dompfaff begann plötzlich wieder seine Melodie, und sie hatte für nichts anderes Aug' und Ohren. Als er aufgehört hatte, wandte sie ihre leuchtenden Augen dem Meister zu: »Ich muß nun nach Hause«, sagte sie leise; »ich danke auch vielmal!«

Er nahm ihre beiden Händchen und sah sie zärtlich an: »Willst du auch wohl einmal wiederkommen?«

Und nach kleiner Bedenkzeit nickte sie so bedeutsam, als sollte es ein Schwur sein. Dann brachte er sie an die Haustür und sah ihr nach, wie sie bedächtig die Straße hinaufging. Als er danach wieder in sein Zimmer trat, war ihm, als sei hier inmittelst ein Lichtlein ausgetan. Aber der Dompfaff hub wieder seine Melodie an. »Fritz! Min Fritz!« rief der Alte und lehnte sich zitternd an den Türpfosten.

Als der Mai ins Land gekommen war, saß schon die Mieterin unten in der Wohnstube, ein zierliches, etwa funfzigjähriges Frauenzimmer. Riekchen Therebinte hieß sie und lebte von einem Sümmchen Erbzinsen und einem kleinen Jahrgehalt, den ihr eine zwanzigjährige Kammerjungfernschaft bei einer gräflichen Gutsbesitzerin eingetragen hatte; wenn Bälle oder andere Festlichkeiten in der Stadt waren, kammerjungferte sie auch jetzt noch bei den Töchtern der Beamten oder vornehmeren Bürger und hatte dadurch noch eine hübsche Extra-Einnahme. Sie war klein und mager, und wenn sie aus einer Tür ein paar Stufen hinabging, so war's, als wenn ein Vogel heraushüpfte; »sie ist ein hüpfendes Gerippchen«, hatte einmal ein kleines boshaftes Mädchen von ihr gesagt. Sie hatte nur ein winziges Stumpfnäschen, aber eine weitläufige Stirn darüber, daher sie denn auch, wenn die Schönheit eines jungen Mädchens vor ihr gelobt wurde, selten, wiewohl etwas zaghaft, zu bemerken unterließ: »Ja, hübsch, recht hübsch! Aber die Stirn, ist die nicht etwas unbedeutend?« Sie wurde dann meistens ausgelacht, und sie selber lachte mit, denn Neid und Bosheit waren nicht dahinter; sie wollte nur in betreff der Schönheit sich doch auch ein wenig in Erinnerung bringen. Die niedrige Stirn ihres Mietsherrn pflegte sie stets voll wahren Mitleids zu betrachten und erwähnte ihrer niemals gegen andere.

Oben in der Giebelstube hing der Dompfaff am Fenster, und in der Ecke stand der Ofen, auf dem Meister Daniel seine Kartoffeln und sein Stückchen Sonntagsfleisch kochte; er hatte seinen einsamen Haushalt eingerichtet. Wenn er vormittags seine paar Stunden in der Böttcherwerkstatt gearbeitet oder in seinem Garten gegraben hatte, den er später fast ganz mit Kartoffeln bepflanzte, dann saß er

oben mit aufgestütztem Arm an einem Tische und las in der Laß-
schen Chronik seiner Vaterstadt oder in des alten pastor primarius
Melchior Krafftens städtischer zweihundertjähriger Kirchen- und
Schulhistorie. Die alten Lederbände waren noch aus seines Vaters
Nachlaß, hatten aber lange Zeit bei seinen Rechnungsbüchern in der
Schatulle gelegen; nun sahen sie ihn an, wie auch schon seine alte
Zeit, und wenn er las, wie früher die pastores von Ost und West,
aus Pommern und aus Sachsen in unsere Stadt gekommen waren,
und wie nun hier auf ein paar Buchseiten sich ihr Leben eines nach
dem andern abspann, dann blickte er wohl halbverwirrt empor und
wunderte sich, wie er und der Dompfaff doch noch immer weiter
lebten.

Wurde es Sonntag, so zog er stets ein frisch gebleichtes Hemd an;
dann dachte er seiner sauberen Hausfrau: »Line – Line Basch!«
sprach er und nickte mit seinem grauen Kopfe. »Du siehst es doch!«
und während er sich langsam in sein Sonntagszeug kleidete, war
ihm, als täte er es noch wie einstmals unter ihren Augen.

Dann ging er in die Kirche, um von dem alten Propsten, mit dem
er als Junge in Quarta auf der Schulbank gesessen hatte, Gottes
Wort zu hören; nach der Kirche ging er zurück und seinem Hause
vorbei über den Kirchhof nach dem Stift. Aber seine alte Schwester
war stumpf geworden. »Wat schrift Fritz?« war immer ihre erste
Frage, auf die er nur selten etwas zu antworten hatte; dann frug sie
weiter: »Watt hett de ol Propst denn seggt?« Er berichtete ihr den
Inhalt der Predigt, soweit er ihn behalten hatte; wenn er aber damit
zu Ende war, dann war schon längst der Kopf der bald Neunzigjäh-
rigen auf die Brust gesunken, und ihre Seele schwebte in der Dämmerung, auf welche die Nacht folgt. Er saß noch eine Weile und sah
auf die alten Schwesterhände, die ihm von seiner Kindheit an gehol-
fen hatten; und wenn die Schlafende sich nicht mehr rührte, nickte
er ihr schweigend zu und ging hinaus und langsam seinem Hause
zu.

Das waren die beiden einzigen Gänge, die Daniel Basch in seinen
Sonntagskleidern machte.

In seinem Garten wuchsen allmählich die Kartoffelstauden in die
Höhe und bildeten bald eine gleichmäßig grüne Fläche, aus welcher
nur der große Birnbaum hervorragte, der in der Mittagssonne sei-

nen breiten Schatten um sich her warf. Um diese Zeit, aber auch spät nachmittags, wenn schon das Abendrot am Himmel stand, sahen die Nachbaren über den Zaun ihrer Gärten den alten Meister oft auf der Bank, die auch jetzt noch um den Baum lief, sitzen, den etwas gebeugten Rücken an den Stamm gelehnt, die Hände vor sich auf die Knie gefaltet, wie einen, dessen Tagewerk zu Ende ist; und als im Juni sich die Stauden mit den zierlichen blauen und weißen Blüten bedeckten, saß er wie in einem Blumenmeer. Auch war ein Plätzchen, dicht am Fuße des Baumes, nicht zum Kartoffelfeld gezogen; Fritzens Blumenbeete waren hier gewesen, und Meister Daniel hatte im letzten Frühjahr alles Unkraut ausgereutet und statt dessen roten Gartenmohn darauf gesäet. Er wußte wohl nicht, daß das die Blume der Vergessenheit sei; sie war für ihn vielmehr das Gegenteil, denn Fritz und seine Mutter hatten sie einst so gern gehabt. Und als später die Kartoffelstauden mit den lichtgrünen Äpfeln und schon in dunkeln Blättern standen, öffnete neben ihnen der Mohn seine Knospen und wiegte die leuchtend roten Blumen in dem schwülen Sommerhauch.

Der alte Mann, der auf der Bank daneben saß, schien freilich wenig zu dieser Sommerpracht zu passen: der Bart schien seit acht Tagen nicht rasiert zu sein, und die tiefliegenden, blaßblauen Augen sahen wie über Welt und Leben hinweg. Er hatte den Brief, den er in der Hand hielt, eben vielleicht zum zehnten Mal gelesen: er war von Fritz; Fritz war nach Kalifornien gegangen.

Das Goldfieber war derzeit noch lange nicht vorüber; noch manchen lockte es in die Minen und manchen in den Tod; manchem schlugen dort die Keime seiner Natur zu Trunksucht, Spiel und Raub, die vielleicht für immer sonst geschlafen hätten, in Wucherpflanzen auf und erstickten ihn. Freilich war Fritz nicht als abenteuernder Minierer, sondern als festgedungener Böttcher für eine dortige Exportschlachterei mit einem Hamburger Genossen hinübergegangen, aber das Wort »Kalifornien« klang doch wie Gold und Abenteuer, und es war zuerst vor seinem Ohr geklungen, da er aus jenem Briefe seines Vaters dessen drohende Verarmung herauszulesen meinte. Er hatte seine feste Arbeit; aber wenn die Gelegenheit käme, weshalb sollte er nicht auch dazwischenspringen und seinem Vater ein sorgloses Alter mit nach Haus bringen!

Meister Daniel seufzte nicht; er ließ nur den Kopf hängen und rieb sich mit der Hand den Stoppelbart; aber er sah nicht neben sich die roten Blumen wehn und hörte nicht den Iritsch, der über ihm aus dem Laub des Baumes sang, selbst nicht den leichten Schritt, der jetzt von dem unten vorbeiführenden Weg aus dem Gartensteig heraufkam. Erst als eine kleine Hand sich auf die seine legte, blickte er auf. »Magdalena, Kind, bist du es!« sagte er.

Sie nickte. »Ich wollte nur den Vogel gern einmal wieder hören!« Aber sie sah ihn fast erschrocken an.

»Ja, ja« – sprach er wie zu sich selber – »der Dompfaff, der ist noch da.« Dann ging er mit dem Mädchen nach dem Hause zu.

Es war schon zu Ende des November. Meister Daniel saß nachmittags in seiner Giebelstube und hatte sich ein behaglich Feuerchen im Ofen gemacht, es roch sogar nach Kaffee, der wohl darinstehen mochte; er wollte heute noch zu seinem Nachbar, dem Barbier, denn der Bart war wieder einmal gar zu lang geworden, und dann ins Stift zu seiner Schwester: heute sollte sie gewiß nicht schlafen, denn der erste Brief aus Kalifornien war angekommen. »Geld verdienen ist hier keine Kunst«, schrieb Fritz; »aber man muß es fest in der Hand halten, wenn es nicht wieder wie Sand durch die Finger laufen soll; zwei Jahre, dann, Vater, klopf' ich an Deine Tür; dann arbeiten wir wieder zusammen!«

Der Dompfaff hüpfte fröhlich in seinem Bauer; ein glücklich Lächeln ging über des Alten Angesicht, und er wollte sich eben seinen Kaffee aus dem Ofen holen, da hörte er es draußen die Treppe heraufhüpfen, ein spitzer Finger pochte an die Kammertür, und als sie sich öffnete, erschien Mamsell Riekchen Therebinte auf der Schwelle. »Oh, Mamsellchen!« rief der Alte.

Und Riekchen machte einen Knicks; sie hatte ihren Schildpattkamm von der Gräfin eingesteckt und Filethandschuhe angezogen. »Ich kann wohl gratulieren?« sagte sie.

»Wozu?« frug der Alte hinterhältig, »Sie meinen wohl, es riecht hier nach Geburtstag?«

»Oh, Herr Basch! Ich denk, zwei einsame Hauskameraden sollten Freud und Leid zusammen teilen, und heute vormittag – ja, ja, ich habe den Briefboten attrapiert – ist doch wohl Freude bei ihnen eingekehrt; da möcht ich mir nun meinen Anteil ausbitten!«

Er drohte ihr mit dem Finger: »Weibsen! Weibsen!« sagte er schelmisch. »Aber, im Vertrauen, Mamsellchen, ich hab's gar gern, wenn ihr Frauenzimmerchen ein bißchen neugierig seid!« Er seufzte, doch er lächelte auch dabei: »Mein selig Linchen war es auch!« flüsterte er ihr ins Ohr.

Und während Riekchen sich verschämt mit ihren Händchen über die bedeutende Stirn strich, lief Meister Daniel zu einem Wandschränkchen und holte Tassen und Teelöffel; dann nahm er den heißen Kaffee aus dem Ofen und schenkte seiner Hausgenossin ein: »Und hier ist Zucker!« sagte er, »bedienen Sie sich, Mamsellchen. Ja, ja, Sie haben recht, heut ist ein Freudentag; ich habe Nachricht von meinem Fritz!« Und ohne seinen Kaffee zu berühren, nahm er den offenen Brief vom Tisch – – aber er mußte lachen, er hatte vergessen, seine Brille aufzusetzen. Aber nun tat er es und begann den Brief zu lesen, während Mamsell Therebintchen mit zierlichem Finger ihre Tasse vom Munde wieder auf die Unterschale setzte.

Als er aber an die Stelle kam, wo Fritz für seine Heimkehr nur noch eine zweijährige Frist setzt, da schien plötzlich auf dem Antlitz der mit gefalteten Händen Horchenden die Teilnahme zu erlöschen.

Sie räusperte sich ein wenig, und Meister Daniel sah sie an: »Ist Ihnen nicht wohl, Mamsellchen?« frug er heiter; »Ihre Äuglein sehen auf einmal so betrübsam!«

Und Mamsell Rickchen sah ihn fast bittend an: »Ach, lieber Meister«, flüsterte sie, »dann werd' ich wohl mein Stübchen und Ihr Haus verlassen müssen!« und sie seufzte, daß es ganz still in der Kammer wurde.

Meister Daniel war schier bestürzt, so hatte er den Fall noch gar nicht angesehen; aber er faßte sich, da war ja noch die kleine Schlafkammer des Gesellen; er nahm ihre Hand: »Nein, nein, liebes Mamsellchen, Fritz wird Sie nicht verdrängen; er ist ein bescheidener Junge, seiner lieben Mutter guter Sohn! Sie sollen auch Ihre Freude an ihm haben; dann wird es wieder laut und lustig hier im Hause, und im Garten wachsen Erbsen und Bohnen und Blumen; auch türkischen Weizen zieht er – ganz wie es früher war zu seiner Mutter Zeit!«

Da lächelte das Mamsellchen wieder, und sie tranken ihren Kaffee und lasen den Brief zu Ende; und als das alte Dämchen sich empfahl, erbat sie sich und erhielt noch die Erlaubnis, im nächsten Frühjahr zwei Suppenkräuterbeete zu gemeinschaftlichem Gebrauche in dem Garten anzulegen.

Der Meister Daniel aber ging schrägüber zum Barbier, dann glattrasiert ins Stift zu seiner alten Schwester, und Salome blieb, während er ihr den Brief vorlas und noch lange nachher, ganz wach und munter; sie saß in ihrem Lehnstuhl und er dicht an ihrer Seite, und die Hände der alten Geschwister ruhten in stummer Freude ineinander; nur mitunter sagte sie: »De Jung! De Jung! He kann wat, und dat in Amerika!«

Als Daniel am Abend heimkam, faßte er den Entschluß, dem Dompfaffen das Stück noch weiter vorzupfeifen. Was sollte Fritz sich wundern, wenn er nach zwei Jahren ihn so singen hörte!

Das war ein Freudentag in Meister Daniels Leben; aber er wiederholte sich nicht, der Winter kam, aber kein Brief von Fritz, und je weiter es in die Zeit hineinging, desto schwächer wurde der Schimmer jener Freudenflamme, und desto dunkler wurde es um den einsamen alten Meister.

Als nach ein paar Jahren die Krokus im Schloßgarten blühten, trat ein einfacher Leichenzug aus dem Tore des St. Jürgenstiftes: ein Kränzchen von Primeln und Immergrün lag auf dem Sarge, ein alter Mann ging zunächst hinter demselben; er ging etwas stumpelig, und auf seinem Antlitz mit den schlohweißen Augenbrauen zuckte eine unruhige Trauer. Es war wohl nicht um die Tote, die er auf ihrem letzten Weg begleitete, denn sie hatte in mählich verdämmerndem Bewußtsein das äußerste Lebensziel erreicht; aber der alte Mann hatte jenseit des Meeres einen Sohn, sein einzig Kind, und er wußte seit lange nichts von ihm; die Tote aber war die Letzte gewesen, die aus ihren Träumen noch nach ihm gefragt hatte.

Der alte Mann war Daniel Basch, der seine Schwester Salome begrub; den kleinen Kranz hatte seine Mieterin, das gute Riekchen, gebunden. »Das ist unser Altjungfernrecht«, hatte sie gesagt; »ohne Kranz nicht zu Tanz!«

Der Zug ging Schritt für Schritt die Straße hinab nach dem zweiten Kirchhof am Nordwestende der Stadt, wo Daniels Familiengrabstätte lag. Als er dort an die offene Grube trat, sah er in derselben die Seitenbretter eines morschen Sarges aus der Erde ragen; seine Hand zuckte, als ob er etwas fassen müsse; er kannte den Sarg, es war ihm fast als wie ein schrecklich Wiederfinden. Dann wurde der frische Sarg hinabgelassen, und die hinabgeschaufelte Erde dröhnte auf dem Deckel; Daniel nickte noch einmal in die Grube, und während der alte Propst das »Vaterunser« sprach, murmelte er leis für sich: »Dein Wille geschehe im Himmel und auf Erden!«

Erst als er wie betäubt nach Hause ging, ergriff ihn ein jäher Schmerz um seine alte Schwester, daß er nur mit Gewalt einen Tränenausbruch zurückdrängte; er war nun ganz verlassen.

Als er in seinem Hause nach der Giebelkammer hinaufstieg, stand er mitten auf der Treppe still: er hörte den Vogel in der Kammer pfeifen. Das hatte er freilich schon tausendmal gehört; aber heute kam es so frisch, ganz wie ein Frühlingsruf aus der kleinen Brust herauf; Meister Daniel erklomm die letzten Stufen und brummte zur Begleitung die Worte der Melodie. Aber was war denn das? Der Meister hatte, an dem Erfolg verzweifelnd, in den letzten Wochen seinen Unterricht ganz aufgegeben; immer hatte der Schüler nur gestümpert; und jetzt – jetzt sang er alles: womit ihn Fritz ins Haus gebracht, was dieser ihn gelehrt und was zuletzt der Meister selbst ihm vorgepfiffen hatte. Die unerwartete Freude hatte dem Alten wohl den Kopf verwirrt, denn er wandte sich wieder, faßte mit jeder Hand eine Stange des Geländers, und sich vorbeugend, rief er laut ins Haus hinab: »Fritz! Fritz! Nu fleut he ock de tweete Reeg!«

Da öffnete sich rasch die Tür der unteren Wohnstube, und Mamsell Riekchen war auf den Flur hinausgehüpft. »Wer? Was flötet, Meister Daniel?« rief sie ängstlich.

»Der Dompfaff! Der Dompfaff!« kam es von der Treppe herunter.

»Ach, Sie und Ihr alter Dompapst!« rief Mamsell Riekchen und hüpfte in ihre Kammer zurück. »Sonderbarer Mann!« sprach sie zu sich selber und schüttelte ihre beiden dünnen Locken; »hat eben sein' Schwester begraben und schreit um seinen alten Dompapst!«

Der alte Mann dort oben hatte sich auch besonnen; der Vogel zwar hatte seine Lektion gelernt; wo aber war der, den er gerufen hatte?

Um diese Zeit war es, daß der Sohn eines Kellerwirts, »der Amerikaner«, wie sie ihn später nannten, als er sich nichtsnutzig in der Stadt umhertrieb, aus Kalifornien wieder nach Haus gelangte. Er war trunkfällig und großmaulig und führte zur Unterstützung seiner Reden eine rasche Faust, daß die Leute es sich schon gefallen ließen, wenn er in der Fuhrmannskneipe seine Geschichten auftischte und seine Goldbröcklein aus der Tasche holte. Mit Grafen und Zigeunern, Türken und Heiden, so erzählte er eines Abends, auch freilich mit Fritz Basch habe er Gold gewaschen. – Aber der sei ja in San Francisco in einer Schlachterei, meinte einer der Stammgäste. – Der Amerikaner lachte: »Hat sich ausgeschlachtert! Die Bretterbuden sind verbrannt; die Hounds haben die Kassen genommen.«

»Hounds – was sind Hounds?«

»Hunde! Spitzbuben! Räuber sind's!« rief der Amerikaner. »Ihr kennt hier so was nicht! Noch ein Glas, Harke; schmeckt wohlfeil hier bei euch!«

Das junge Schenkmädchen war, die Hand auf einer Kanne, stehengeblieben: »Sagt, wenn Ihr so gut sein wollt, was treibt Fritz Basch denn itzt? Wir sind zusammen eingesegnet.«

»Fritz Basch?« erwiderte der Goldgräber und sah sich frech am Tische um. »Kalkulier', der hat's wohl ausgetrieben!«

»Was sagt Ihr! Was ist's mit Fritz Basch?« riefen die Gäste; denn der frische Junge war in aller Gedächtnis.

Der Amerikaner trank erst sein Glas bis auf die Nagelprobe. »Ihr kennt das hier nicht«, sagte er dann wieder; »im Süden, im Oregon war's; ein neues Goldlager! Ihr kennt das nicht: von Asien, Afrika, Europa rannten sie herbei; der Staub, der Morast, das Schnauben und Toben von Mensch und Vieh; aus hundert Sprachen schrien sie durcheinander; schlimmer als beim Turmbau zu Babel: ein Irländer wurde verrückt; ein Franzos' wollte alles überschreien, bis er am Ende nur noch pfeifen konnte; aber Gold! Gold war für alle! – Harke, noch ein Glas!« unterbrach sich der Erzähler.

»Aber Fritz! Was war mit dem? War er dabei?« riefen die andern.

»Dabei? – Ob er dabei war! Er grub und wusch für zwei! Einen Beutel voll Gold hatte er schon, den er allzeit festgebunden in der Hosentasche trug.«

»Weshalb denn ist er nicht mit hieher gekommen? Habt ihr Streit gehabt?«

Der Amerikaner schüttelte den Kopf: »Streit? Streit genug; aber nicht zwischen uns. In den Minen, abends in den Zelten, wir spielten fast die Nächte durch; habt von der Wirtschaft wohl schon reden hören. Aber Fritz wollte nicht, und wenn sie ihn zerren wollten, sprach er: ›Spielt! Ich mach nicht mit; muß meinem Vater ein weich Kissen für seinen alten Kopf mit nach Haus bringen; hab kein Gold für euere Karten!‹ – Aber sie kriegten's heraus, daß er die Taschen voll hatte; so kam's zum Streit, und in einer Nacht – ihr kennt das nicht – da wurden die Messer blank, und eins davon fuhr ihm zwischen den Schultern in den Rücken.«

Die blonde Dirne stieß einen Wehlaut aus. »Der arme alte Daniel!« rief ein anderer; »es war doch nicht zum Tode?«

»Zum Leben auch nicht!« sagte der Amerikaner; »ich hab ihn später nicht mehr gesehen, und wenn sein Leichnam nicht zufällig einem neuen Claim im Wege lag, so werden die Geier und die Ratten ihn schon begraben haben!«

– – Ein paar Tage später saß der Erzähler auch bei dem alten Meister Daniel auf der Bank unter Mamsell Riekchens Fenster, und bis weit hinab und hinauf in die Straße konnten die Leute, die dort gingen oder vor ihren Türen saßen, ihn reden hören. »Na, good bye, Meister!« sagte er endlich, rückte seinen Hut und schlenderte gleichgültig, die Hände in den Hosentaschen, weiter.

Der Alte sah ihm lang mit starren Augen nach; als er sich aufrichten wollte, taumelte er auf die Bank zurück; er machte noch einmal den Versuch, und nun ging es: mit den Händen an der Wand tastete er sich durch seinen Hausflur und ebenso die Treppe hinauf; als er in die Kammer gelangt war, schloß er hinter sich die Tür. Wer auf der Gasse vorüberkam, sah die Sonne über die geschorene Linde weg ins offene Fenster scheinen und hörte den Dompfaff sein allbekanntes Lied pfeifen.

Nach einigen Wochen aber wurde hie und da erzählt, der alte Daniel Basch sei so was wunderlich geworden; der Amerikaner habe auch ihm das Stück von seinem Sohn erzählt, da sei ihm die Trauer in den Kopf gestiegen. – Auch in meinem Hause wurde davon gesprochen; da seine Mutter bei meiner Großmutter lang in treuem Dienst gestanden war, so gehörten wir zu seiner ihm noch jetzt verbliebenen Kundschaft. Die Aufträge meiner Frau waren, nach deren Äußerung, bisher prompt und sauber ausgeführt; nur eben jetzt hatten wir lange auf ein Badewännchen für unser kränkelndes Kind gewartet. »Geh doch einmal selber bei dem Alten vor«, sagte sie eines Tages zu mir; »dein Spaziergang führt dich ja oft dort vorbei!«

Als ich mich, des gedenkend, am folgenden Nachmittage seinem Hause näherte, sah ich dort eine Leiter über der Haustür angelehnt; den darauf Stehenden aber verbarg mir das Laub des Lindenbaums. Als ich herantrat, erkannte ich unseren alten Meister selber; er hatte in der einen Hand einen Meißel, in der andern einen Hammer und war damit beschäftigt, den vor Jahren dem Türstück angestrichenen Mörtel wieder loszuarbeiten, und schon sah der Schädel des Todes wieder aus dem wüsten Staub hervor.

Als der Alte auf meinen Gruß, den ich ihm hinaufrief, mich erkannte, kam er hastig von seiner Leiter herabgeklommen und führte mich durch den schmalen Hausflur in die Werkstatt. »Es ist fertig, ganz fertig, Herr Landvogt!« sagte er und sah mich aus erschreckend hohlen Augen an; »daß Ihre gute Frau mir nur nicht bös wird! Ich hatt's vergessen; rein vergessen – die letzten Wochen!« Er griff in eine Ecke und wies mir die fertige Wanne vor. »Die letzten Wochen!« wiederholte er noch einmal leise vor sich hin.

Ich faßte seine Hand und fühlte, wie sie in der meinen bebte. »Ich weiß es, Meister«, sagte ich; »sie haben großes Leid zu Euch gebracht.«

Da hörte ich den Dompfaff pfeifen, den ich bis jetzt nur von Hörensagen kannte; er hing in seinem Bauer jetzt hier in der Werkstatt innerhalb eines kleinen Oberfensters; vom Hofe nickte ein blühender Flieder zu ihm herein.

Der Vortrag des kleinen Künstlers schien mir so lieblich, ja – was indes wohl nur die Folge meiner Stimmung war – so voll Empfindung, daß ich schweigend horchte. »Da habt Ihr einen anmutigen Hausgenossen!« sagte ich.

Der Alte ließ den weißen Kopf sinken: »Den letzten«, murmelte er; »und nur ein Vögelchen.«

»Den letzten? Ich dachte, es wohne auch noch so ein altes munteres Jüngferchen bei Euch?«

Meister Daniel nickte: »Ja, ja, Herr; nur – sie hat die anderen nicht gekannt; der« –, und er schaute zärtlich zu dem Vogel auf – »ist noch von meinem Fritz!«

Ich hätte ihm zurufen mögen: »Laßt nicht den Kopf hängen, Alter! Wer weiß, der Fritz kommt dennoch eines Tages in die Tür gesprungen, und es wird wieder jung und lustig in Euerem Hause!« Denn ich traute dem verlumpten Schwätzer nicht, der jene Kunde über das Meer gebracht hatte; aber dennoch – es sah dem Fritz zu ähnlich, und das Ende war wie ein Blatt aus einer Tagesnummer von da drüben; ich gab schweigend dem alten Mann die Hand: »Meine Frau wird die Wanne holen lassen«, sagte ich; »möge Gott Euch trösten, Meister Daniel; die Welt ist ja so reich.«

Als ich aber einen Blick auf den gebrochenen Mann warf, der noch immer nach dem Vogelbauer starrte, als gäbe es nun nichts weiteres für ihn, da schämte ich mich meiner dummen Weisheit und wollte schweigend davongehen.

In der Haustür aber hatte er mich eingeholt; er hielt die Zipfelmütze in der Hand: »Verzeiht! Verzeiht, Herr!« wiederholte er ein paarmal mit einem unbeholfenen Diener.

Nur ein paar Häuser weit hatte ich mich entfernt, als ich schon wieder von der Leiter herab die Schläge des Hammers auf den Meißel hörte; der Alte arbeitete schon wieder seinen Tod zu Tage.

Sie sagten, Meister Daniel sei wunderlich geworden, und es war vielleicht auch so; freilich die wenige Arbeit, die er noch zu verrichten hatte, geriet ihm nach wie vor; aber das Handwerk, oder was davon in früheren Jahren in seinem Kopfe hatte sitzen müssen, war ihm allmählich in die Faust hinabgestiegen, und die war noch leidlich zu gebrauchen. Im übrigen hatte er seine alten Bücher wieder in die Schubladen gepackt: was sollte er von den Dingen der Welt noch lesen, da seine Lieben keinen Teil mehr an ihr hatten! Für ihn war jetzt ein anderes: wenn abends die Dämmerung sich dem Dunkel nahte, oder wenn der Mond aus seiner Himmelshöh' herabschien, dann schritt Daniel aus seinem Hause die Süderstraße hinab, über den Markt und hinten durch den einsamen Schloßgang, durch die Lindenalleen und durch den Totengang nach dem Kirchhof. Er trug keine Blumen oder Kränze dahin; aber unter der kleinen Linde, die auf Linas und Salomes Grabe wuchs, hatte er ein schmales Bänkchen zimmern lassen; dort saß er und blickte, solange noch ein Schimmer davon sichtbar war, nach Westen auf das Meer und dachte an die Ewigkeit, welche nur allein noch vor ihm lag.

Aber auch wenn schon das Dunkel ihn rings umschlossen hatte, blieb er dort mitunter sitzen.

Da er eines Abends erst nach elf Uhr seine Haustür aufschloß, kam ihm Mamsell Riekchen aus ihrer Stubentür mit einem brennenden Licht entgegen; sie hatte solang in Schillers Räubern gelesen: »Mein Gott, Herr Basch, wo kommen Sie her? Ich denke Sie liegen über mir in Ihrem Bett; sonst hätt' ich die greuliche Geschichte nicht so spät gelesen!« Plötzlich hüpfte sie auf und nahm ihm ein weißes Blättchen von einem Grabkranz aus den Haaren. »Das ist ja von dem Kirchhof!« schrie sie. »Was machen Sie auf dem Kirchhof?«

Der Alte nickte: »Ja, ja, Mamsellchen!« und ein wunderliches Glänzen brach aus seinen Augen; »mein selig Mutter war heut auch bei uns, in ihrer kalmankenen Nachtjacke; aber sie hatte Erde auf ihren weißen Haaren; nur mein Fritz – die Reise war auch wohl zu weit«, setzte er leis und wie entschuldigend hinzu.

»Herr Basch«, rief Mamsell Riekchen und wehte abwehrend mit ihrem Schnupftuch gegen ihn, »Sie machen einem bange! Kommen Sie; ich leuchte Ihnen nach Ihrer Kammer; ich koche noch schnell ein Täßchen Kamillentee, damit Sie auf andere Gedanken kommen!« Und der Alte ließ sich hinaufleuchten und trank geduldig den Kamillentee.

»Ihr gütigen Engel!« rief Mamsell Riekchen, da sie unten in ihrem Zimmer war, »er ist ganz wunderlich; aber bei solcher Stirn – was war da andres zu erwarten!«

– – Von der Zeit an hielt Mamsell Therebinte über des Meisters Hauswesen eine stille Aufsicht; »denn«, sagte sie, »böse Menschen könnten ihm bei hellem Mittag das Dach vom Hause wegstehlen!« – Aber auch der Garten unterlag ihrer Sorge, und sie paßte eifrig auf, daß nicht die Nachbarskatze oder Hühner sich in den von ihr neu angelegten Suppenkrautsbeeten häuslich einrichteten, besonders beunruhigte sie ein fremder Junge, den sie mehrmals durch den Garten gegen das Haus hatte heranschleichen sehen; aber sobald er sie erblickt hatte, war er eilig seitwärts durch die Nachbarsgärten davongerannt, so daß sie von seinem Kopfe nur einen fahlblonden aufgesträubten Haarpull zu Gesicht bekommen hatte. Als sie eines Nachmittags mit Magdalene vom Hause aus in den Garten ging, fuhr diese plötzlich wie erschrocken auf. »Was hast du, Lenchen?« frug Mamsell Therebinte.

»Ich? Nichts«, sagte Lenchen; aber es knatterte drunten zwischen den Büschen, und ihre Augen sahen ängstlich nach dieser Richtung.

»War der Junge da, von dem ich dir gesagt habe?« frug Riekchen.

»Nein, ich weiß nicht.«

»Hm, hm!« machte Mamsellchen, und damit war die Unterredung aus; aber Lenchen mußte nach Hause und schien froh, von der Alten loszukommen.

Ein paar Tage später war der Junge wieder sichtbar geworden, und diesmal hatte er Mamsell Riekchen sein volles Antlitz zugekehrt; aber sie kannte ihn nicht; er schielte, er hatte eine kurze, dicke Nase. »Pfui«, sagte sie; »ein übler Knabe! Was will er? Stehlen? Aber gewiß, so sehen die Spitzbuben aus!«

Im ersten Augenblick wollte sie zum Meister in die Werkstatt; aber nein, mit dem war jetzo nicht zu reden. Sie schauderte noch ein wenig; dann ging sie in das Haus zurück, versicherte aber bei ihrem Eintritt die Hintertür mit Haken und mit Schlüssel und setzte sich in ihrem Stübchen nachdenklich an ihren engen Strickstrumpf. Soviel war gewiß, und sie nickte bestätigend mit ihrem Köpfchen, die ganze Verantwortung lag jetzt auf ihr.

In dem damals sehr heißen August war ein großes Fest in unserer Stadt; ich weiß nicht, war der König da oder was sonst; aber auf den Abend sollte im Rathaussaal getanzt werden, und seit Mittag war Riekchen Therebinte bald in diesem, bald in jenem Hause, um den Honoratiorentöchtern bei ihrem Staat zu helfen. Meister Daniel hatte den Nachmittag an der Wiederherstellung eines kleinen Eimers gearbeitet; er war schon alt und auseinandergefallen, denn der Meister hatte ihn einst für seinen Fritz gemacht; nun wollte er ihn dem Lenchen schenken, wenn sie nächstens ihn besuchen würde. Ihm war warm dabei geworden, und er mußte sich auch noch fortwährend die winzigen »Gnaupen« vom Gesicht wischen, die derzeit zu wahren Plagegeistern wurden. Aber allmählich verschwanden die Tierchen; die Dämmerung kam, und ein gelber Abendschein fiel schräg von Westen her auf die weißgetünchten Wände der Werkstatt. Der Meister ließ die Arbeit aus den Händen gleiten; er saß auf der Schnitzbank und sah nach seinem Vogel, der am oberen Fenster hing und sich ducknackig zusammengeplustert hatte. »Papchen! Mein Papchen!« rief der Alte zärtlich; aber der Vogel rührte sich nicht: da stand er auf, rückte hastig einen Stuhl an das Fenster und stieg hinauf.

Unter der Holzdecke, in deren Nähe das Bauer hing, war eine Todesglut. Der Alte stieß mit zitternder Hand das obere Fenster auf und hakte es fest; dann sah er wieder angstvoll auf seinen Vogel. »Nicht krank werden, Papchen!« flüsterte er ihm zu. »Fritz ist tot und Daniel ein alter Mann!« Er faßte an das Trinkglas des Vogels; es war heiß wie ein Suppentopf. Rasch trat er von dem Stuhl herunter, trabte mit dem Glase zum Brunnen auf dem Hofe und füllte es mit frischem Wasser, das er aus der tiefsten Tiefe heraufzog. Als er wieder in der Werkstatt war und das Glas vor dem Bauer in den Drahtring gehangen hatte, stand er lange mit den Händen auf dem Rücken und blickte gespannt nach seinem Vogel, der sich deutlich gegen den Abendschimmer draußen abhob. »Trink nun, Papchen, trink!« sprach er halb wie zu sich selber. »Soll nicht wieder passieren; der alte dünne Kopf: Wir müssen zusammen aushalten; so trink nun doch, mein Papchen!«

Und wirklich, der Vogel spreitete die Flügel und reckte den Kopf auf, als ob er jetzt erwache; und Daniel sah ihn zu seiner Beruhigung nach dem Glase hüpfen und in durstigen Zügen den klaren Quell hinunterschlürfen.

Die Dämmerung fiel immer stärker; der Meister band sein Schurzfell ab, zog seinen Rock an und machte sich zu seinem Abendgange nach dem Kirchhof fertig. Als er eben aus dem Hause gehen wollte, fiel ihm die Hoftür ein; er lief zurück und versicherte sie mit Schlüssel und Haken, denn er wußte, daß Mamsell Therebinte heut in der Stadt ihre Kammerjungferngeschäfte trieb; dann schloß er auch die Haustür ab und ging durch den ungewöhnlich dunkeln Abend die Straße hinunter zu seinen Toten.

Er blieb lange auf dem Kirchhof, denn er feierte heute den Geburtstag seiner Line. Wer außer ihm noch dort gewesen war, den hatte das nahende Gewitter nach Haus getrieben, das im Westen über dem Meer heraufstieg. Er saß allein in der Finsternis auf der kleinen Bank und dachte wohl, wie er vor Jahren mit ihr, die jetzt unter ihm verweste, Hand in Hand unter dem Birnbaum in dem damals so wohl gepflegten Garten gesessen hatte. Die Donner, die schon lange gemurrt hatten, wurden lauter; mitunter hob ein jäher Blitzschein die Totenkreuze und Urnen um ihn her auf einen Augenblick aus dem Dunkel in ein gelbblaues Licht, und ein Rauschen fuhr durch die Eschen des Kirchhofs. Als jetzt ein dröhnender Schlag vor ihm wie in den Grund hinabprasselte, erhob er sich unwillkürlich. Noch ein Weilchen stand er und neigte das Ohr nach dem Grabhügel; aber die Toten schliefen fest genug; dann trat er den langen Weg nach seinem Hause an. Als er von der Norderstraße über den Stiftskirchhof ging, zeigte ein Blitz ihm für einen Augenblick die beiden Zackengiebel und die Seitenmauer des langen Stiftsgebäudes und darin das Fenster, hinter welchem er so manches Mal bei seiner Schwester Salome gesessen hatte; es war dort niemand mehr, der zu ihm gehörte, und er begann einen kleinen Trab zu laufen; ihn ergriff eine plötzliche Sehnsucht nach seiner öden Wohnung; auch mußte er in der Werkstatt den offenen Fensterflügel schließen, damit der schon in großen Tropfen fallende Regen nicht seitwärts in das Vogelbauer und auf seinen Dompfaff schlage.

Mamsell Riekchen lag schon hinter den geblümten Gardinen ihres Jungfernbettes, als der Meister in sein Haus trat und sie ihn eilig in die Werkstatt gehen hörte. »Den lieben Engeln Dank«, sagte sie und streckte ihr Figürchen behaglich unter dem Deckbett, »daß wir den alten Mann zu Hause haben!« Denn von draußen schlug der Gewitterregen wie in Strömen gegen die Fenster. »Nun wird er gleich seine Stiegen hinaufklettern, und dann ist Ruh' im Hause!«

Aber es dauerte eine Weile; dann hörte sie von der Werkstatt her ein Hantieren mit Brettern und Dauben, die dort in Menge an den Wänden standen, als ob jemand in hastigem Suchen alles durcheinanderwerfe; dazwischen klatschte draußen der Regen von den Dächern und aus den Rinnen auf die Straße. Sie hatte sich in ihrem Bette aufgerichtet und drückte ihre eingewickelten Schmachtlöckchen an die Schläfen; denn sie wollte nicht schlafen, bevor auch ihr alter Mietsherr zur Ruhe wäre. »Gott sei tausendmal Dank!« sagte sie, als sie ihn endlich aus der Werkstatt in den Flur treten hörte. – Aber, was war das? Er ging nicht nach der Treppe; die Hoftür wurde aufgeschlossen und geöffnet; er ging hinaus in all das Wetter!

Sie saß noch eine Weile; aber so gleichmäßig, so einlullend strömte jetzt der Regen; Mamsell Riekchen war zurückgesunken; ihre Atemzüge verkündeten deutlich den gesunden Schlaf.

– – Nur der schwindsüchtige Nachbar Schneider, dessen Schlafkammer nach dem Garten lag, hatte erst eben vor dem Zubettegehen das Licht gelöscht und wachte noch mit seiner Ehefrau; erst vor einem halben Stündchen hatte er die Nadel in das Kissen gesteckt.

»Huste doch nicht so, Jan Peters!« sagte die stämmige Ehehälfte, die neben ihm unter der Decke lag.

»Ja, ja, Trine, mit deinen Lungen würde ich's auch nicht tun. Horch nur, wie der Regen palscht!«

In diesem Augenblicke hörten beide die Hintertür des Böttcherhauses aufklinken und bekannte Schritte durch den Gang nach dem Garten traben. »Um Christi Barmherzigkeit!« rief das Weib; »ich glaub, der alte Basch will noch spazieren gehn!«

»Laß ihn!« sagte der Schneider und hustete wieder.

»Nein, nein! Was hat das zu bedeuten?« Und das Weib sprang mit beiden Füßen aus dem Bett und stellte sich an das Fenster, um die Finsternis draußen mit ihren runden Augen zu durchdringen.

»Ich glaub«, sagte sie, »er watet drunten in seinen Kartoffeln, die auch längst im Keller sein sollten! Was will er denn in den Kartoffeln?«

Der Mann im Bett antwortete nicht; aber in demselben Augenblick drangen durch das Getose des Wetters von drunten aus dem Nachbarsgarten ein paar Worte zu ihnen herauf: »Papchen, gut Papchen!« hörten sie es schmeichelnd rufen; dann aber, nachdem eine Weile der stärker niederstürzende Regen jeden Laut verwischt hatte, erscholl ein Jammerruf, daß der müde Schneider aus seinen Kissen in die Höhe fuhr.

»Still!« rief das Weib und drängte ihren Kopf noch härter an die Scheiben.

»Trine!« begann der Mann wieder; »das war der alte Basch! Sollen wir ihm auch zu Hilfe kommen? Wenn ich da draußen wär', ich holte mir den Tod.«

Sie antwortete lange nicht; dann nach einigem Rufen war es still geworden. »Laß ihn!« sagte sie; »die Verrückten können mehr vertragen als du; was will er mit seinem Vogel nachts im Garten laufen?«

Damit war sie wieder unter die Decke gekrochen; vom Kirchturm schlug es elf; und bald danach schnarchten auch die beiden Schneidersleute.

Aber am Tage darauf lief es durch die Nachbarschaft, dem alten Basch sei am vorigen Abend sein Vogel davongeflogen; nun sei er in dunkler Regennacht in seinen Kartoffeln umhergelaufen und habe unter jeder Staude visitiert; und ein Spaß für die ganze Stadt war es, als am Nachmittage der Bettelvogt durch die Straßen wanderte und, mit seinem Schlüssel an das große Messingbecken schlagend, ausrief, dem Bötjer Daniel Basch sei sein kunstvoller Dompapst fortgeflogen, und wer ihn wiederbringen solle guter Belohnung gewiß sein! – »Wahrhaftig«, riefen die Nachbaren lachend; »das hat Mamsell Therebintchen angeordnet; sie läßt es sich ein Stückchen Silber kosten: am Ende will sie noch den Alten heiraten!«

Und recht hatten sie darin, daß Mamsell Riekchen den Aufruf hatte anstellen lassen; aber der Vogel kam nicht wieder. »Ja, ja«, verteidigte sich der dicke Bettelvogt, als Riekchen bei Auszahlung seiner Gebühr ihn deshalb zur Rede stellte; »wenn's eine Katz oder auch nur ein Karnickel gewesen wär', ich wollte nichts davon sagen; aber so Vögel mit Schwanz und Flügeln, die können eigentlich gar nicht ausgerufen werden.« Und während Mamsell Riekchen über diese unerwartete Antwort sich in ein verwickeltes Nachdenken verlor, ging der Ausrufer behaglich hustend zur Tür hinaus.

Noch einmal kroch sie mit dem Alten in Haus und Garten umher; aber nur das leere Bauer war geblieben, das mit seinem offenen Türchen die ganze Werkstatt zu veröden schien. Als Riekchen nach all dem vergeblichen Suchen den Kräften des alten Mannes mit den Veronikatropfen ihrer Gräfin aufhelfen wollte, schüttelte er langsam seinen weißen Kopf: »Ich danke, gutes Mamsellchen; das ist nicht anders; die irdischen Freuden sind vorüber.« Dann sah er durch das Fenster in den blauen Himmel, als suche er dort das Tor zur Ewigkeit.

Die überraschenden und schnell sich folgenden Vorgänge, welche ich jetzt zu erzählen habe, sind es wohl eigentlich, welche uns in der kleinen Seestadt das Gedächtnis des einfachen Mannes bewahren ließen und mich veranlaßten, den kleinen Spuren seines Lebens nachzugehen, von denen ich einzelne hier aufzuzeichnen vermochte.

– – Es war an einem Spätnachmittage des Septembers, und die Abendsonne lag herbstlich mild auf den braunen Ziegeldächern, als ein Trupp von etwa zwanzig meist aufgewachsenen Jungen sich hurtig, aber in feierlicher Stille, von unseres Meisters Hause die Straße hinaufbewegte, die hier nach Osten zur Stadt hinausführt. Nur selten wurde ein Wort geflüstert; in sachtem Trabe ging es vorwärts; man hörte nichts als das Geräusch von den Stiefeln oder Holzkloppen, die ebenmäßig über das Pflaster liefen. Hie und da kam noch einer aus den Häusern zugelaufen und schloß sich, eifrig aber heimlich fragend, dem Zuge an. »War is da los? Wo willn jüm hen?« frug eben ein kleiner, dicker Bursche.

Und der Gefragte raunte ihm ins Ohr: »Buten na't Brutlock! He will sick versupen!«

»Ah, Snack! Versupen? Wem will sick versupen?«

Und der andere zeigte auf den alten Meister Basch, der in Kniehosen und Pantoffeln, mit Schurzfell und blauer Zipfelmütze, mit fahlem Antlitz und wie leeren Augen in ihrer Mitte trabte.

»Dammi ja!« sagte der neue Junge. »He kickt immer liekut. Warum will he sick versupen?«

»So wes' doch still!« rannte der andere; »wil he nich mehr leben mag.«

»Wem hätt dar seggt?«

»He sülm.«

»Dammi ja!« rief der neue Junge wieder; »wenn man uns' beiden Swemmers mit weren!«

»De sünd all lang vörut.«

Die beiden »Swemmers« waren ein paar ältere kräftige Jungen, Hans Jochims und Harke Mommsen, die Schwimmkünstler unter denen, die draußen bei der Schleuse badeten; sie hatten sich von dem Zuge getrennt und waren aus Leibeskräften vorausgelaufen; denn sie dachten heute ihren Ruhm noch um ein Erkleckliches zu mehren.

Der Trupp, der sich rastlos mit dem schlurrenden, trappelnden Geräusche fortbewegte, war endlich vor die Stadt gekommen, wo sich statt der Häuser zur Linken der Steinwall mit den großen Weißdornbüschen hinzieht und rechts die Marschweiden nach dem Hafenstrom hinab liegen. Es ging jetzt rascher vorwärts; sie waren bald zur Stelle; niemand von den Knaben hatte ein Wort zu dem alten Meister gesprochen, er keins zu ihnen; niemand hat es nachher gewußt, woher es kundgeworden, daß sie ihn auf seinem Todesgang begleiteten; ebensowenig kam ihnen der Gedanke, daß sie den Verwirrten zurückhalten müßten; auch die vorausgelaufenen Schwimmer dachten nur, wie sie ihr Heldenstück vollbringen wollten. Wohl begegneten ihnen ältere Leute, die sie zu Rat und Hilfe hätten herbeirufen können; aber allen von solchen gestellten Fragen setzten sie nur ein stummes Kopfschütteln oder ein nichtachtendes, unbewegliches Schweigen entgegen; sie wollten sich nicht stören lassen; die allen Menschen eingeborene Begier, das Letzte, Schauerliche einmal selbst in nächster Nähe zu erleben, trieb sie vorwärts.

Und der alte Mann schien Eile zu haben; er lief immer hurtiger, wie einst, wenn er aus der Werkstatt zu seiner Line in die Küche trabte; er wollte auch zu ihr, nicht zu ihrem Grabe; er wollte nach einer Pforte, durch die er aus der Welt hinaus konnte; zu ihr, zu Fritz, nur nicht mehr in der leeren Welt!

Der Zug wandte sich jetzt rechts nach einem breiten Damm hinauf; ein paar hundert Schritte weiter, wo am Ende desselben eine hochgelegene Landstraße vorüberführte, lag tief unten im Winkel das Brautloch, eins jener schwarzen Wasser, die nach der Sage unergründlich sind. Die Augen der Jungen wurden immer greller, je näher sie den Spiegel in der rötlichen Abendsonne blinkern sahen; und viele Finger streckten sich aus und wiesen auf zwei dort am Abhang liegende Kleiderhäufchen. »De Swemmers! De Swemmers!« rief es aus dem Zuge. Als sie aber noch näher kamen und von dem Damme das Wasser unter ihnen mit seinen hohen Schilfrändern übersehen konnten, lag unten alles blank und totenstill; sie reckten und drehten die Hälse; aber von den Vorausgelaufenen war nichts zu gewahren.

Plötzlich erscholl aus dem Haufen ein durchdringender Schrei des Entsetzens, denn während die Knaben nach ihren Kameraden auf der Wasserfläche aussahen, hatte Meister Daniel einen Zulauf genommen; sie sahen etwas, das sie nicht erkennen konnten, durch die Luft in die Tiefe hinabfliegen und gleich darauf das Wasser unten in klatschenden Wellen emporschlagen.

Der Augenblick war vorüber; es wurde still; die Knaben standen zitternd auf dem hohen Ufer und begannen um Hilfe zu rufen. Aber sie war schon da, und von diesem Augenblicke an wandte sich das Schicksal Meister Daniels; es ging wieder aufwärts, denn die Jugend hatte sich seiner angenommen. Aus den beiden sich gegenüberliegenden Schilfverstecken schwammen mit kräftigem Armschlage zwei nackte, muskelstarke Jünglinge hervor, und als die Gestalt des Greises wieder aus der Tiefe auftauchte, schossen sie herzu und hoben ihn mit geschicktem Schwung auf ihre Schultern. »Hurra!« riefen die Jungen, die auf der Höhe standen, und noch einmal »Hurra!«, und immer kräftiger, je näher ihre beiden »Swemmers« zwei jungen Tritonen gleich, mit starken Schlägen den Verunglückten der heimatlichen Erde zuführten.

Daß Meister Daniel unter einem Hurra der Knaben in die Tiefe gesprungen sei, ist eine Lüge, die schadenfrohe Menschen sich später zugerichtet haben. Die Jugend ist nur selten böse, und der alte Mann mit seinem schönen Vogel hatte den Knaben ja niemals Leid getan. Aber ein halbes Hundert Arme waren bereit, ihn am Ufer seinen beiden Rettern abzunehmen, die jetzt stolz zu ihren Kleidern schritten; ein paar der Knaben lief nach dem Chausseewärterhäuschen, das nahebei auf dem Damme stand, und die gutmütige Frau, die allein daheim war, öffnete schon die Haustür, durch die nun der ganze Trupp hineinströmte, mit dem Meister, den sie in ihrer Mitte trugen. »Er lebt noch! Er lebt aber noch!« schrien sie der Frau entgegen, und die jugendlichen Gesichter glühten dabei von Lebens- und von Liebesfreude.

Plötzlich gewahrten sie mitten in ihrem Gedränge ein dürres Frauenfigürchen; sie hatte einen Schäferhut auf ihrem Köpfchen, zwei lange dünne Locken baumelten wie geängstete Schlangen unter ihrem Kinn zusammen. »Riekchen! Mamsell Therebintchen!« erscholl es aus dem Haufen. Und sie war es; sie war in Geschäften in der Stadt umher gewesen; sie hatte bei ihrer Heimkehr das Furchtbare erfahren; sie hatte ein großes Wäschestück in einen Papierbogen gewickelt und war fast ohne Besinnung mit diesem Bündel hinterhergelaufen, das sie jetzt auf den glücklich erreichten

Tisch warf. »O all ihr lieben Engel«, stieß sie hervor und sank auf einen Stuhl; »wo ist er, ihr Knaben, wo habt ihr den alten Meister Daniel Basch gelassen?«

Die Knaben aber drängten ihre Köpfe gegen sie und schrien wieder: »Aber er lebt! Er lebt, Mamsell!«

Da schnellte Riekchen Therebinte wie eine Stahlfeder von ihrem Stuhle auf. »Er lebt?« rief sie.

»Ja, ja, er lebt! Dreht Euch nur um, so könnt Ihr's selber sehen!«

Aber Riekchen drehte sich nicht; wie in Todesangst flog sie auf ihr Bündel zu, bemächtigte sich desselben und war im Augenblick zur Tür hinaus. »Ich lauf zum Physikus! zum Physikus!« rief sie in der Eile noch zurück; dann lief sie wie ein Bruushähnchen auf dem Damme der Stadt entgegen. Die gute Frau des Wärters aber kleidete den Verunglückten sorgfältig in ihres Mannes Wäsche.

Das auffällige Gebaren des kleinen Mamsellchens hatte freilich seinen Grund: sie hatte dem Meister – so wurde andern Tags erzählt – in ihrem Bündel sein vor vierzig Jahren angefertigtes Totenhemd nachgetragen, das dieser ihr tags vorher kraus und vergilbt gegeben hatte, damit sie es mit ihren Linnensachen durch die Wäsche gehen lasse. Sie hatte sich nun doch geschämt, es für den Lebenden auszupacken.

– – Als aber der Mond aufgestiegen war und von den Häusern der Stadt tiefe Schatten auf die Straße fielen, kam von draußen her ein langer Tragkorb, der in Meister Daniels Haus gebracht wurde; nur der Physikus war nebenher gegangen; Mamsell Riekchen hatte in der Straßentür schon auf den Zug gewartet.

Meister Daniel war in eine schwere Krankheit gefallen; tagelang schon lag er ohne Besinnung; das gute Mamsell Riekchen und die alte Arbeitsfrau saßen abwechselnd Tag und Nacht an seinem Bette. Am ersten Tage schien der Zustand des Greises fast verwirrend auf das kleine Dämchen einzuwirken: »Meister! Meister Basch! Besinnen Sie sich! Sie müssen sich besinnen!« hatte sie ihm, ängstlich hin und her hüpfend und an seinem Hemdsärmel zupfend, zugerufen, aber es hatte nichts verschlagen wollen; auch hatte dann der alte

Physikus ihr strenge Ruhe auferlegt, und dem Arzte war sie stets gehorsam.

Um diese Zeit kam ich gegen Abend von einer dreitägigen Geschäftsfahrt zurück und war oben an der Süderstraße vom Wagen gestiegen, weil ich einem dort Wohnenden das Ergebnis meiner Reise mitzuteilen hatte. Als ich dann später, da schon alle Handwerker Feierabend gemacht hatten, durch die Straße in die Stadt hinabging, sah ich an der offenen Haustür von Meister Daniels Hause den hageren Nachbar Schneider stehen, als ob er mit sonderlicher Befriedigung nach dem Innern hineinhorche.

»Nun, Meister«, sagte ich, in meinem Gange innehaltend, »gibt es in unseres armen Daniels Hause auch einmal wieder Fröhliches zu erlauschen?«

Er wandte sich zu mir und zupfte sich wie zum Große in seinen grauen staubigen Haaren: »Freilich, freilich, Herr Landvogt!« sagte er dann; »horchen Sie nur, wie fix das von der Hand geht. Er ist noch immer bei der Arbeit, wird bald unter den Resten aufräumen; schicken Sie nur immer neue Arbeit! Und das Gerät, alles blitzblank, alles amerikanisch! Das arbeitet wie von selber; nun gar, wenn ein solcher Bursch dahintersitzt!«

Der Schneider hustete, wie zur Bestätigung, und zog sich sein grünes Wams über die platte Brust. »Ein Wettersjunge war's!« stieß er hervor; »und Sie werden's sehen, Herr, ein Teufelskerl, ein Böttcher aus dem Fundament ist da herausgewachsen!«

Ich sah ihn an, ich verstand sein Gerede nicht; wohl aber hörte ich, jedoch nicht aus der Werkstatt, sondern wie hinten aus dem Hofe und nur schwach herüberhallend, ein Geräusch wie von einem resolut arbeitenden Handwerker.

»Ja«, sagte der Schneider; »dort in dem Ställchen hat er sich eingerichtet; der Alte sollte nicht gestört werden.«

»Lieber Meister«, sprach ich, »warten Sie ein Weilchen! Wer ist der Teufelskerl, der dort im Stall so amerikanisch arbeitet?«

Der Schneider riß die matten Augen auf, daß seine Brauen um einen Zoll weit in die Höhe fuhren, und betrachtete mich von Kopf zu Fuß. »Lieber Herr«, sagte er nachsichtig, »ich seh's, Sie kommen von der Reise, sonst würden Sie's schon wissen: der Junge, der Fritz Basch ist vorgestern von Kalifornien wieder eingetroffen, und ein Kerlchen, wie ein Zyklop!«

Ich sah den begeisterten Mann etwas verwundert an: »Also«, sagte ich, »ist er in den Minen nicht erstochen worden?«

»Doch, doch, lieber Herr, das Messer hat er schon richtig zwischen den Schultern gehabt; aber er hatte auch noch bessere Freunde als den Hasenfuß, den Amerikaner; die schleppten ihn in ihr Zelt, da hat er lange gelegen.«

»Und sein Vater, der alte Daniel«, frug ich, »ist er vor Freuden nun nicht gleich gesund geworden?«

Aber der Schneider patschte mit seinen aufgehobenen Händen in die Luft und beschrieb dann mit dem Finger ein paar Nullen vor seiner Stirn: »Wirrig! Noch immer wirrig; er weiß von nichts.«

»Gott besser's!« sagte ich und sprach das alte Wort wie ein Gebet; ich mochte mir nicht denken, daß der Sohn nur heimgekommen sei, um durch seine Schuld den Vater sterben zu sehen. »Gott besser's!« sagte ich noch einmal.

Der Schneider nickte: »Ja, ja; aber der Physikus meinte, wenn der liebe Gott nur ein wenig helfen wollte, so brächt' er ihn wohl durch.«

Das Arbeitsgeräusch vom Hofe, das unser Gespräch begleitet hatte, war plötzlich still geworden; es wurde allmählich dunkel. »Gute Nacht, Meister«, sagte ich; »Gott wird ja gnädig sein.«

Was der Schneider erzählt hatte, wurde bald von allen Seiten bestätigt: Fritz Basch war wirklich wieder da, von Hamburg mit einem hiesigen Fahrzeug angelangt; ein strammer Gesell, etwas größer als der Vater, mit einem braunen Bärtchen auf den trotzigen Lippen und ein Paar Augen, als wollten sie den Vogel aus der Luft herunterholen; die Dirnen und Bursche mochten sich in acht nehmen! Wie im Rausch war er durch Haus und Garten gelaufen und, als er alles leer gefunden hatte, in das Haus zurück; als Mamsell Riekchen ihm hier von der Treppe aus entgegenkam, war er ihr atemlos nach der Giebelkammer hinauf gefolgt; denn was mit seinem Vater geschehen, hatte er schon auf dem Wege vom Hafen nach dem Elternhause durch einen früheren Kameraden erfahren. Stumm war er an Meister Daniels Lager hingesunken, stundenlang hatte er die ehrliche Hand in seiner gehalten, sie gestreichelt und geküßt; stundenlang hatte er auf seines Vaters Angesicht geblickt, als bettle er um auch nur einen hellen Blick; der Meister aber hatte aus seiner Nacht an ihm vorbei nach seinem toten Sohn gerufen.

Am zweiten Tage hatte der junge Mann seine Kiste ausgepackt, in der Werkstatt nachgesehen, ob an unfertiger Arbeit etwas in die Hand zu nehmen sei, und dann draußen im Stall sich seine Arbeitsstätte aufgeschlagen.

So waren ein paar Tage hingegangen; er hatte, solang die Sonne schien, gearbeitet und nachts an seines Vaters Bett gesessen; er stand jetzt nachmittags, den Schlägel müßig in der Hand, zwischen seiner Arbeit in dem Stalle und blickte durch die offene Tür in den dunkelblauen Herbsthimmel; er war doch etwas müde. Plötzlich, unter dem Zwitschern der durch den Garten ziehenden Meisen, hörte er einen leichten Schritt von unten den Steig am Zaun heraufkommen. Er blieb horchend stehen; die Schritte wurden zögernder, je mehr sie sich dem Hause näherten. Er hatte schon neugierig auf den Hof hinaustreten wollen, da stand ein etwa dreizehnjähriges Mädchen mit sanften blauen Augen vor der offenen Tür; sie trug einen eckigen Gegenstand in der Hand, der mit einem blauen Seidentuch verhangen war; aber sie sah ihn schüchtern, fast erschrocken an.

»Tritt näher, little Mistress«, sagte er lächelnd.

»Sind Sie Herr Fritz Basch?« frug sie leise, indem sie zögernd einen Fuß auf die Schwelle setzte.

Er nickte: »Bin's nun seit zwanzig Jahren schon gewesen!«

Sie blickte ihn wieder zweifelnd an.

»Aber wer bist denn du, little fair?« frug er wieder; »hast du mir was zu bestellen?«

»Kennen Sie mich nicht mehr?« sagte sie. »Ich bin des verstorbenen Kollaborators Tochter.«

»Magdalena! Die kleine Magdalena!«

Das Mädchen nickte: »Ja«, sagte sie, »ich war recht klein damals, als die großen Jungen mich schneeballten und mich ›Kolibri‹ schimpften; aber Sie kamen mir zu Hilfe, das gab den Jungen Beine.«

»Ich weiß noch mehr, Lenchen«, sprach er sinnend, »ich hob dich auch einmal aus einem Schneehaufen, in den sie dich geworfen hatten, daß nur kaum noch dein klein Gesicht herausguckte.«

Das Mädchen senkte die Augen, aber sie nickte wieder heftig mit ihrem blonden Köpfchen.

Fritz hatte die Hände auf dem Rücken gefaltet; ein warmer Strahl aus seinen jungen braunen Augen fiel auf das Kind. Da zog sie das Seidentuch von dem Bauer, das darunter verborgen war, und ein rotbrustiger Dompfaff flatterte darin und stieß einige seiner wilden Töne aus. »O Herr Fritz«, rief das Mädchen, »seien Sie auch heute noch so gut und hören Sie mich an, denn das ist der Vogel Ihres Vaters!«

»Unser? Unser Dompfaff?« rief er, und die Augen wurden ihm feucht. »Papchen, mein Papchen, du lebst noch?« Aber plötzlich schienen andere Gedanken in ihm wach zu werden. Um diesen Vogel hatte sein Vater in den Tod... Er biß sich auf die Lippen: »Wie kommst du zu dem Vogel?« rief er heftig.

Da fiel das furchtsam Kind vor ihm auf die Knie. »Ich wollte ihn wiederbringen; ich dacht', das könnte den guten Meister gesund machen helfen!«

»Wiederbringen? So hast du ihn vorher genommen? Weißt du, daß mein Vater darum in den Tod hat laufen wollen?«

Sie sah ihn mit verwirrten Augen an; sie nickte erst, dann schüttelte sie heftig ihren Kopf: »Es ist erst heut herausgekommen«, stammelte sie endlich; »da bat ich Großmutter, ob ich ihn hinbringen dürfe; er hat ihn auf dem Scheuerboden versteckt gehabt!«

Der Schrecken, den er über das Mädchen gebracht hatte, schien dem jungen Manne plötzlich weh zu tun; es war ein zu unschuldig Gesichtlein, das zu ihm aufschaute. »Komm!« sagte er und hob sie sanft vom Boden-, »du mußt dich nicht so fürchten; ich mein es nicht so schlimm. Nun sag mir, wer hat den Vogel denn genommen? Oder hat ihn jemand nur im Freien eingefangen?«

Sie schüttelte wieder ihr blondes Köpfchen: »Nein«, sagte sie traurig, »mein Bruder Tiberius hat den Vogel vom offenen Fenster weggeholt.«

»So?« sagte er; »er schielt; ich kenn ihn noch wohl.«

»Oh, tut ihm nichts, Herr Fritz!« rief sie und hob flehend ihre Hände zu ihm auf; »er hat schon seine Strafe; Großmutter hat es seinen Lehrern angezeigt! Und sagt auch nichts zu Mamsell Riekchen, sagt es keinem Menschen!«

Er stand und sah wie bewundernd auf sie nieder; aus dem noch halben Kinderangesicht hatte das Antlitz der werdenden Jungfrau ihn plötzlich angeblickt.

»Magdalena«, sagte er verwirrt, »verzeih mir! Ich danke dir; ich will alles tun, wie du es willst; der Vogel wird gewiß den alten Meister Daniel wieder gesund machen; Mamsell Riekchen hat mir gesagt, er habe dich sehr lieb; und – komm auch einmal wieder, Magdalena!«

Sie stand wie mit Purpur übergossen und sah schweigend auf den Boden.

Auch er schwieg; da öffnete sie den Mund.

»Wolltest du mir etwas sagen?« frug er.

Aber sie schüttelte den Kopf und sagte nur: »Wenn der Meister wieder seine guten Augen auftut, ihm dürfet Ihr es sagen!«

Dann ging sie. Als er schon unten am Wege die Gartenpforte hatte klirren hören, sah er das blauseidene Tuch auf einem Tönnchen liegen. Er nahm es und wollte ihr schon damit nachlaufen; aber er legte es wieder hin: »Nein«, sagte er, und ein Lächeln flog um den jungen Mund; »sie muß es selber holen!«

Da hörte er den Vogel in seinem Bauer flattern: »Komm, Papchen!« rief er fröhlich, indem er mit dem Bauer der Hoftür zuging. »Is doch schön to Huus! Un nu versök, ob du't noch bäter as de Doktor kannst!«

Der Vogel hing schon einen Tag lang in der Giebelstube; Riekchen hatte neugierig genug an dem jungen Mann herumgefragt, aber er hatte sie schelmisch lächelnd versichert, ein Engel habe ihn gebracht. Gepfiffen hatte er noch nicht, und Meister Daniel fiel aus einem Schlafe in den andern.

Fritz hatte ein paar Wege in der Stadt gemacht; zuerst war er bei dem Bürgermeister Lüders gewesen, der damals als ein heftiger Selbstherrscher regierte, aber auch stets allen tüchtigen Einwohnern ein bereiter Helfer und Berater war; dann war er zum Altmeister seines Gewerkes gegangen. Als er voll Hoffnung von seinem Gange zurückkehrte, hörte er schon auf der Gasse den ungewöhnlich hellen Schlag des Dompfaffen, als sei der Vogel erst jetzt zum Bewußtsein gekommen, daß er zu Hause und bei seinen Freunden sei. Fritz überfiel die Sorge, der starke Ton könne doch den Kranken stören, und ging eilig der Treppe zu. Mamsell Riekchen steckte den Kopf aus der Küchentür: »Er schläft!« sagte sie leis und wies nach oben; aber Fritz nickte nur und stieg rasch hinauf, um den Vogel still zu machen.

Aber als er die Tür geöffnet hatte, sah er seinen Vater aufrecht mit aufgestützten Armen in dem Bette sitzen, als ob er eifrig lausche; ein Ausdruck von seligem Behagen lag auf seinem eingefallenen Antlitz. Der Vogel hatte sich nicht stören lassen, sein Schlag schallte laut durch die Kammer.

Fritz trat behutsam an das Fußende des Bettes; da wandte Meister Daniel seinen Kopf, und mit Schrecken sah der Sohn seine Augen starr werden, als ob die Krankheit mit noch größerer Gewalt zurückkehre. Aber die Furcht war umsonst; nur ein Augenblick, dann war's vorüber; wie zögernd trat ein Lächeln um die blassen Lippen, und die Augen des alten Mannes wurden feucht. »Fritz! Min Fritz!« kam es zitternd von seinem Munde, und er streckte die Arme gegen seinen Sohn und hielt ihn fest an seiner Brust. Und wieder schob er ihn von sich und betrachtete das männlich gewordene Antlitz des jungen Mannes und strich mit zitternder Hand über den Bart auf seiner Lippe; dann sah er wieder auf den unablässig schlagenden Dompfaff. Aber die noch schwache Kraft ermüdete; er schien auf einmal sich nicht finden zu können; sein Vogel sang, sein Sohn lag in seinen Armen: »Fritz, min Fritz«, frug er leise, »wo sünd wie eegentlich?«

Da stürzten dem Sohn die lang verhaltenen Tränen: »To Huus! To Huus, Vatter! Un ick bün bi di, un uns' ol Vagel singt dato.«

»Min Fritz, min Sön, Mutter är gude Jung!« stammelte der Alte; dann sank er zurück auf seine Kissen, und sein Herrgott sandte ihm den sanften Schlummer der Genesung.

– – Am folgenden Sonntag zeigte einer dem andern eine Anzeige im neuen Wochenblatt, und die Kundigen kamen überein, der Bürgermeister stecke einmal wieder dahinter; die aber lautete:

»Meinen geehrten Kunden zur höflichen Nachricht, daß unter dem Beistande meines glücklich heimgekehrten Sohnes Fritz als ausgelernten und wohlerfahrenen Böttchergesellen Bestellungen jeglicher Art wiederum prompt und sauber bei mir ausgeführt werden.

Daniel Basch, Böttchermeister.«

Da kam Arbeit genug, denn die Teilnahme des ganzen kleinen Gemeinwesens hatte sich den beiden zugewandt; auch schonte der Nachbar Schneider seinen letzten Atem nicht, um den Ruhm des jungen Böttchers zu verkünden; und bald wollte jeder wenigstens ein Eimerchen oder doch ein Schöpffaß von der Hand des amerikanischen Sohnes haben; und da die Arbeit, nach wenig Wochen, auch unter Hilfe des genesenen Meisters, überall nach Wunsch geliefert wurde, so ging aus manchem flüchtigen Besteller ein fester Kunde hervor.

Nicht lange, so hantierte auch ein kräftiger Lehrling in der Werkstatt und griff nach fröhlich erteilter Anweisung mit flinken Händen zu; das war Hans Jochims, der älteste der beiden »Swemmer«. Am Feierabend kam auch wohl Martin, der alte Geselle, auf Besuch; der wollte auch von Fritzens Abenteuern hören; und als Neujahr vorüber und erst die letzten Schneeglöckchen abgeblüht waren, da ging Fritz mit Hans und Martin abends in den Garten; sie gruben allmählich alles um und um und legten Erbsen und säeten Wurzeln und Mairüben und Petersilie, und Meister Daniel stand dabei und lachte, als zuletzt auch noch der türkische Weizen an die Reihe kam. Und als nun alles fertig und sauber war, wurden Mamsell Riekchen und der Geselle auf Sonntag zum Mittag eingeladen, und im besten Gutbier tranken sie auf reiche Ernten für die Zukunft.

Ich darf noch eines nicht vergessen, was zwischen Vater und Sohn, ein paar Tage nach ihrem ersten Wiederfinden, geschah. Mamsell Therebinte – sie hat es später dem Physikus erzählt – saß strickend in der Giebelstube an dem Fenster, während Fritz an seines Vaters Bette seine kalifornischen Erlebnisse berichtete; der Alte, mit dem es rüstig aufwärts ging, war schon kräftig genug, um sie ohne Nachteil hören zu können; er saß aufrecht und hatte die Arme auf der Decke. Als aber der Sohn erzählte, daß er nach Heilung von jenem Messerstich, wobei sein ausgegraben Gold wie Teufelsspuk verschwunden sei, unweit der Mine bei einem großen Weinbauer als Böttcher einen Platz gefunden, und wie er dann hinzusetzte: »Doch das weißt du ja, mein Vater; ich hab dir derzeit ja den langen Brief geschrieben«; da hatte der Alte die Augen groß geöffnet, und dem Sohne war, als ob er ihn heftig fragend ansehe.

»Ja, Vater«, sagte er rasch, »nun weiß ich's wohl, es war eine böse Dummheit; aber so wird man in der Fremde: ich meint, ich dürfe nun nicht wieder schreiben, – nur verdienen und, wenn's genug wär', dann mich selber mit nach Hause bringen. Und das ging langsam, Vater, und wurd' auch nicht zuviel; aber« – und er verfiel in sein geliebtes Plattdeutsch: »is doch all suur un ehrlich verdeent Geld!«

Der Alte hatte sich gefaßt; er drückte seinem Sohn die Hand: »Du un dat Geld tosamen«, sagte er, »dat is genog.« Aber der Klang der Stimme war so trübe, als berge ein großer und verschwiegener Kummer sich dahinter; und ein Gedanke fuhr wie ein Todesschreck durch das Gehirn des jungen Mannes: »Vatter«, rief er; er zwang sich, daß er es nicht laut herausschrie – »du hest de Breef nich krägen!«

Die Augen von Vater und Sohn standen eine Weile voreinander, als wagten sie nicht, sich anzublicken. Endlich sprach der Alte langsam: »Da du mi fragst, min Sön – ick heff din Breef nich krägen.«

– »Un du hest all de Tid von mi nix hört, as wat de Dögenix, de Amerikaner, hier in de Stadt herumlagen?«

»Nix wider; he hett mi't sülm vertellt.«

Ein furchtbarer Schmerz schien den jungen Körper zu erschüttern: »Oh, Vatter! O min Vatter!« stammelte er.

Aber Meister Daniel nahm den Kopf seines Kindes zwischen seine beiden zitternden Hände: »Min Fritz«, sagte er zärtlich, »ick weet ja nu, du harrst mi nich vergäten; dat anner – dat deit nu nich mehr weh!«

Da schlossen eine junge und eine alte Hand sich ineinander, und es bedurfte keiner Worte mehr; der Kopf des Jünglings ruhte mit geschlossenen Augen neben dem des Alten auf dem Kissen, unachtend der kleinen Figur, die dort am Fenster mit erregten Fingern strickte, bis endlich sein Herz in ruhigeren Schlägen klopfte. Dann küßte er seinen Vater und ging hinab zu seiner Arbeit.

Nach Jahr und Tag, da ich eines Nachmittags mit dem Physikus auf der Kegelbahn zusammentraf, kam auch die Rede auf den guten Meister Daniel. »Oh, dem ist wohler, als ihm je gewesen!« sagte der alte Herr und blickte dabei behaglich seiner wie immer geschickt geworfenen Kugel nach. »Was die Leute wunderlich an ihm hießen, hat seine Krankheit schier mit weggenommen; aber, seltsamerweise, dann noch eins dazu!«

»Noch eins?« frug ich; »doch nicht zum Unheil?«

»Nein«, sagte der Physikus; »ich denke wohl, zum Heile: der alte Herrgott muß ihm gut sein, denn von der Geschichte mit dem Brautloch ist ihm jede Erinnerung erloschen.«

»Aber der eine von den Swemmern ist ja Lehrling in seinem Hause!«

»Nur der Sohn weiß, was er dem zu danken hat.«

Ich nickte: »Möge es so bleiben!«

»Amen!« sagte der alte Medikus und griff nach seiner zweiten Kugel.

– – Noch einmal, das erste Mal nach seiner Krankheit und dann auch zum letzten Male, sah ich unsern Meister Daniel; Fritz war derzeit vor kurzem Meister geworden. Es war im Spätsommer nach Feierabend, als ich, von dem nächsten Dorfe kommend, die Süderstraße hinabging; auf der Bank vor dem Böttcherhause saß der Alte mit seinem jetzt schneeweißen Kopfe und hielt bei der noch herrschenden Schwüle sein blaues Zipfelmützchen zwischen den gefalteten Händen auf den Knien, neben ihm im Sommerhütchen ein hübsches blondes, noch recht junges Mädchen; ich zweifelte nicht, daß sie des Kollaborators Lenchen sei. Die beiden schienen einer munteren Erzählung zuzuhören, welche der in Schurzfell und

Hemdsärmeln an dem Lindenstamme lehnende Meister Fritz ihnen vortrug; besonders die junge Blonde, nach ihrem anmutigen Lächeln zu urteilen, schien lauter goldene Worte zu hören. Aus den Gärten durch die Gänge zwischen den Häusern wehten schon die Herbst-Resedadüfte.

Ich konnte nicht umhin, dem friedlichen Kleeblatte näher zu treten. Eine kleine Pause folgte meiner Begrüßung, die ich gleichfalls der hinter dem Fenster sitzenden Mamsell Therebinte hatte zukommen lassen; dann aber, da mir zwischen dem alten Meister und dem jungen Mädchen ein Platz geräumt worden, bekam auch ich noch meinen Anteil von den kalifornischen Spitzbubengeschichten. Wir lachten alle; und in das freundliche alte Gesicht schauend, sprach ich: »Wahrhaftig, Meister, jetzt ist es, wie ich's mir nicht anders vorgestellt. Ihr habt jetzt alles wieder und mehr noch, als Ihr einst gehabt habt: hier Eueren Sohn, den neuen Meister, dort oben Eueren Dompfaff, der freilich jetzt wohl ohne Sang und Klang sein Gnadenbrot frißt; dazu das Fräulein Therebinte, und« – ich war aufgestanden und machte ein huldigendes Kompliment vor Magdalena – »vor allem hier die junge Freundin: nun aber überstreichet auch den Tod auf Euerem alten Hausschild und lasset wieder eine frische rote Rose darauf malen!«

Aber meinem heiteren Aufruf folgte eine Stille; nur der Alte, durch dessen weißes Haar der Abendhauch wehte, nickte freundlich vor sich hin: »Ein Weilchen noch Geduld!« sagte er, ohne aufzusehen; »Sie vergaßen Eine; die ist nicht wiederkommen; die wartet, bis ich zu ihr komme. – Nachher, dann mag mein Fritz die frische Rose malen lassen; die meine, lieber Herr, die ist nicht mehr von dieser Welt.«

Ich sah es wohl, wie der hübsche Mädchenkopf bei diesen Worten sich errötend senkte; auch, welch ein Blick voll heißer Lebenszuversicht aus den Augen des jungen Meisters auf sie fiel. Der Alte aber war plötzlich gleich mir aufgestanden und ging, als wolle er die Welt den Jungen überlassen, nach stummem Gruß mit zitternden Schritten in sein schon dunkelndes Haus zurück.

Ein Jahr noch etwa hat er hiernach gelebt; am Morgen vor der Hochzeit von Fritz und Magdalena fanden sie ihn mit gefalteten Händen in seinem Bette sanft entschlafen.

– – Das ist es, was ich aus diesen engen Wänden zu erzählen hatte.

Über tredition

Eigenes Buch veröffentlichen

tredition wurde 2006 in Hamburg gegründet und hat seither mehrere tausend Buchtitel veröffentlicht. Autoren veröffentlichen in wenigen leichten Schritten gedruckte Bücher, e-Books und audio-Books. tredition hat das Ziel, die beste und fairste Veröffentlichungsmöglichkeit für Autoren zu bieten.

tredition wurde mit der Erkenntnis gegründet, dass nur etwa jedes 200. bei Verlagen eingereichte Manuskript veröffentlicht wird. Dabei hat jedes Buch seinen Markt, also seine Leser. tredition sorgt dafür, dass für jedes Buch die Leserschaft auch erreicht wird.

Im einzigartigen Literatur-Netzwerk von tredition bieten zahlreiche Literatur-Partner (das sind Lektoren, Übersetzer, Hörbuchsprecher und Illustratoren) ihre Dienstleistung an, um Manuskripte zu verbessern oder die Vielfalt zu erhöhen. Autoren vereinbaren direkt mit den Literatur-Partnern die Konditionen ihrer Zusammenarbeit und partizipieren gemeinsam am Erfolg des Buches.

Das gesamte Verlagsprogramm von tredition ist bei allen stationären Buchhandlungen und Online-Buchhändlern wie z. B. Amazon erhältlich. e-Books stehen bei den führenden Online-Portalen (z. B. iBookstore von Apple oder Kindle von Amazon) zum Verkauf.

Einfach leicht ein Buch veröffentlichen: **www.tredition.de**

Eigene Buchreihe oder eigenen Verlag gründen

Seit 2009 bietet tredition sein Verlagskonzept auch als sogenanntes "White-Label" an. Das bedeutet, dass andere Unternehmen, Institutionen und Personen risikofrei und unkompliziert selbst zum Herausgeber von Büchern und Buchreihen unter eigener Marke werden können. tredition übernimmt dabei das komplette Herstellungs- und Distributionsrisiko.

Zahlreiche Zeitschriften-, Zeitungs- und Buchverlage, Universitäten, Forschungseinrichtungen u.v.m. nutzen diese Dienstleistung von tredition, um unter eigener Marke ohne Risiko Bücher zu verlegen.

Alle Informationen im Internet: **www.tredition.de/fuer-verlage**

tredition wurde mit mehreren Innovationspreisen ausgezeichnet, u. a. mit dem Webfuture Award und dem Innovationspreis der Buch Digitale.

tredition ist Mitglied im Börsenverein des Deutschen Buchhandels.

Dieses Werk elektronisch lesen

Dieses Werk ist Teil der Gutenberg-DE Edition DVD. Diese enthält das komplette Archiv des Projekt Gutenberg-DE. Die DVD ist im Internet erhältlich auf **http://gutenbergshop.abc.de**